U0007711

異鄉人

L'Étranger

Albert Camus

卡繆

劉俐 譯

關於卡繆

劉俐

從北非貧民窟之子到諾貝爾文學獎得主，卡繆（一九一三－一九六〇）傳奇的人生在四十六歲的巔峰，因一場車禍嘎然而止，留下文壇不可彌補的遺憾。

卡繆出生於法屬阿爾及爾一個窮人區貝勒庫爾（Belcourt）。父親早逝，寡母不識字，經常三餐不繼。翻轉他命運的是他的小學老師焦曼（Louis Germain）。他發現卡繆的才華，為他課後補習，爭取獎學金，並親自到他家中，說服他的家人，讓他繼續升學。卡繆在諾貝爾得獎感言中，特別將這個獎獻給他的恩師。

瘦小的卡繆進入中產階級為主的學校裡，備受歧視，使他意識到階級差異和種族偏見。他成天在街上混，熱衷踢足球，曾想當職業球員，卻在十七歲得了肺病，粉碎他的足球夢。肺病當時是無藥可治的絕症，卡繆一直活在死亡的陰影之下，但他深受地中海文明的影響，陽光是他生命的底色，海水、沙灘、大自然的美麗和力量是他所有作品的背景。

他的寫作是從新聞報導開始的。二十五歲在《阿爾及爾共和報》（*Alger Républicain*）當記者，他深入報導阿爾及利亞山區原住民的悲慘處境。他用筆撻伐不公，主張善待穆斯林。一九四〇年到巴黎，進入《巴黎晚報》（*France Soir*），他為阿爾及利亞反殖民發聲。二次大戰期間，他編《戰鬥報》（*Le Combat*），從事地下抗德，廢除死刑是另一個他關注的議題，不但在多部作品中批判死刑（包括《異鄉人》），並曾發表專文〈關於斷頭臺的思考〉[1]，反對以任何形式殺人。總之，卡繆不只是哲學家、文學家，更是一位鬥士，終身以行動實踐他的理念。

劇場是他另一個熱情。他喜歡團隊合作，組過好幾個劇團，包括「團隊」（L'Équipe）和「工人劇團」（Le Travail），他追求的是一種國民劇場，實踐他一向的信念：以最平易的語言，觸及最大的群眾。

他的第一部小說《異鄉人》一九四二年由法國最負盛名的伽利瑪出版，一舉成名，成為文壇最受矚目的明星，且立即被出版社聘為文學顧問。他的辦公室就在人文薈萃的巴黎左岸。二十世紀五十年代剛走出二戰陰霾的巴黎，物質短缺，狹窄公寓裡多沒暖氣，於是咖啡館就成為作家、藝術家寫作、討論、會朋友的地方（沙特、西蒙波娃、畢卡索等人都是常客），以花神咖啡館為中心的聖日耳曼區（saint-Germain-des-Près），就像十八世紀法國的

1〈Réflexions sur la guillotine〉，發表於《新法蘭西月刊》（*Nouvelle Revue Française*），1957, No545、5

貴族沙龍，成為新思潮蘊育、傳播之所，成為巴黎獨特的一道人文風景。

三十出頭的卡繆就是這裡的標竿人物。但與那些在咖啡館高談闊論、畢業於名校的知識精英不同的是，他的作品都來自他的親身經歷。攝影大師布烈松（Henri Cartier-Bresson）為他留下的神采深植人心：嘴叼一支菸，身穿一襲風衣，他瀟灑知性的魅力，使他情感生活同樣多采。

他結過兩次婚，在他生命的最後十年，他同時從不少於三位情人。他生命的摯愛無疑是法國戲劇史上迄今無人能及的傳奇女演員卡莎瑞絲（Maria Casarès），她是《誤會》（*Le Malentendu*）一劇首演的女主角，她寬厚又脆弱的嗓音、層次豐富的表情，卡繆在她身上找到角色最完美的詮釋。兩位劇場人迸出愛情火花，成為一世的心靈伴侶。在十五年間，卡繆寫了八百六十五封信，有時一日數封。[2]

一九六〇年回巴黎途中，他與出版社好友米歇爾・伽利瑪（Michel Gallimard）的座車衝出跑道，卡繆當場身亡，口袋裡還有一張回巴黎的火車票。

在回巴黎之前，他寫了四封情書，分別給他年齡、國籍不一的情人。這或許可以為他的「唐璜理論」做個注腳：「既然他以同樣的激情愛她們，每一次都全心投入」，「為什麼為了要愛得深就愛得少呢？」[3]

今年是卡繆逝世六十週年。法國正以各種方式紀念這位影響深遠的巨人，並拍攝了一部紀錄片：《卡繆的多重人生》（*Les vies d'Albert Camus*）[4]。是的，短短四十六年，面對生命的脆弱與絕望，他活出了精采的多重人生。

這就是人的終極反抗。

---

2 卡繆妻子過世後，女兒 Catherine 將他與卡莎瑞絲的書信整理出版，他們瘋狂動人的愛情，傳誦一時。（《*Correspondance, 1944-1959*》，Albert Camus, Maria Casarès, Gallimard, 2017）

3 Le Donjuanisme,《薛西弗斯的神話》（*Le Mythe de Sisyphe*），Gallimard, 1942

4 Les vies d'Albert Camus, George-Marc Benamou 導演，2020

譯者簡介

劉俐

巴黎第七大學博士，曾任駐法國台灣文化中心（巴黎文化中心）主任、淡江大學法文系副教授。譯有《電影美學》、《劇場及其複象》、《印度之歌》、《哀悼日記》、《小王子》等。

譯序

劉俐

「今天，媽媽死了。」簡短、直白、不修飾、沒情感。《異鄉人》突兀開場，也為本書的文字風格定了調：一種中性、冷調、口語化的「零度書寫」，成為法國二十世紀文學的經典名句。

這種語調塑造了小說的主人翁，也是敘述者——莫禾梭（Meursault）。他是生活在北非法屬阿爾及爾（Alger）的底層人物。身為敘述者，卻不愛說話：能不說就不說，能少說就少說，甚至有時話到唇邊，又懶得說。「無所謂」、「沒意義」是他的生活態度。他冷眼敘述他的生活和周遭人事物，不評論，也不企圖尋找意義。

他用身體、感覺實實在在地活著：城市的聲音和氣味、夜晚的風、海灘、女友的洋裝和笑容，還有無所不在的陽光。

莫禾梭這個人物顯然是來自卡繆的自身經歷。卡繆是法國人所謂的「黑腳」（Pieds-noirs，出身於北非殖民地的法國人），在物質極度匱乏的生活中，地中海的陽光就是他的養分。他說，「貧窮對我從不是苦難，因為這裡有揮霍不盡的陽光。」[1]

太陽是這本小說重要元素：陽光下的海邊嬉戲是人與自然的融合，是感官的頌歌，但陽光也可以是毀滅的力量。母親出殯時，一路揮之不去的是「難以承受的烈陽」。海灘一幕對太陽的描寫充滿殺氣和死亡的意象：剛刀、利刃、長箭、鐃鈸，甚至「整個天空突然崩裂，向大地傾瀉著火雨」，莫禾梭「被整片燃燒著太陽的海灘」推著，他渾身緊繃，手指僵硬，在無意識間，觸到手槍扳機，一個阿拉伯人應聲而倒。一連串偶然、巧合「敲響了噩運之門」，如此荒謬，又如此理所當然。殺人者和被殺者都是大自然暴力的犧牲品。

這部小說有篇幅相當的兩部分：第一部是莫禾梭流水帳式的敘述。事件之間沒有因果關連——住在同樓的鄰居和他的狗、吃飯時與他並桌的動作機械化的女子——呈現的是一個阿爾及爾小人物的日常世界。

第二部是莫禾梭無意間成為殺人犯之後，法庭的審訊和行刑。

當龐大的司法機關啟動，檢察官和律師開始「俯身檢視」罪犯的靈魂，各自將第一部中不相干的事件串連成「情節」。一個在裡面看到惡魔，一個在裡面看到模範兒子，「一切都是，也全都不是。」如此荒謬，又如此理直氣壯。

在法庭上，莫禾梭被排除在外，沒人關心他的說法。他犯的罪並不是殺

---

1 "La pauvreté n'a jamais été un malheur pour moi; la lumière y répandait ses richesses."–Préface de《*L'Envers et l'endroit*》

了一個阿拉伯人，審訊時，無人聞問。法庭是個劇場，檢察官和律師的攻防是精心設計的大戲，每一個手勢、每一種聲調都有盤算好的效果。他們可以用一套詭辯話術，誘使證人說出違背本意的話。莫禾梭作為主角，卻拒絕配合演出。他母喪時不掉眼淚，在法庭上也不誠心悔改。這就構成對社會倫理秩序的威脅，所以他非死不可。

莫禾梭是個社會的「異鄉人」，他拒絕迎合世俗的價值，拒絕神父高傲的憐憫，拒絕上帝的救贖。他沒有企圖心，也沒有大情懷，卻可以為不說謊而上斷頭臺。

面對死亡，他昂首直視。從母親過世到走向刑場，是一個從荒謬的自覺到反抗的過程。

在獄中「充滿徵兆和星辰的夜晚，我第一次向這世界溫柔的冷漠敞開我自己」……「美妙無比的安詳如潮水般浸透我的全身……」他覺得自己一直是幸福的。正因意識到生命的荒謬，才能在悲劇中找到幸福。

以死亡開始，以死亡結束，死亡的主題貫串全書。死亡注定人生的一切作為是一場徒勞。但正如希臘薛西弗斯神話中無止盡重複的苦役：「朝向山頂的戰鬥就足以充實人心。」[2]卡繆想像薛西弗斯是幸福的。

承襲法國啟蒙哲人的傳統，卡繆以文學之筆闡揚哲學。《異鄉人》於一九四二年七月出版，同年十月哲學論文《薛西弗斯的神話》（*Le Mythe de Sisyphe*）問世。之後有劇本《卡里古拉》（*Caligula*）和《誤會》，完成他著名的「荒謬系列」。

在出版近八十年之後，讀《異鄉人》撞擊力不減，是謂「經典」。

---

2 La lutte elle-même vers les sommets suffit à remplir un coeur d'homme。（出自《*Le mythe de Sisyphe*》, Albert Camus, 1942）

異鄉人

L'Étranger　Albert Camus

第一部

第一章

今天，媽媽死了。也許是昨天，我不確定。只接到養老院的一封電報：「母歿。明日下葬。節哀。」說得不清不楚。有可能是昨天。

養老院位於馬安溝（Marengo），距離阿爾及爾（Alger）還有八十公里。我預備搭兩點的公車，下午就到了。這樣可以夜裡守靈，明天晚上就能回來。我於是向老闆請兩天假。以這樣的理由，他不能不准假，但是他看起來還是不怎麼樂意。我甚至還跟他說：「這不是我的錯。」他沒搭理，所以我想我不該這麼說的。但無論如何，我沒有什麼好抱歉的，倒是他應該來慰問我。等後天他看到我戴孝，就一定會有所表示吧。眼下就像是媽媽還沒死，等到喪禮過後，這件事正式了結，也就顯得名目正當了。

我搭了兩點鐘的公車。天氣酷熱。跟平常一樣，我在賽來斯特（Céleste）的餐館裡吃了飯。大家都為我十分難過，賽來斯特還跟我說：「媽媽沒人能取代。」我走的時候，大夥兒送我到門口。我有點暈頭轉向，因為還得趕去艾曼鈕（Emmanuel）那兒，向他借黑領帶和黑臂紗。幾個月前，他叔叔才過世。

為了不錯過那班車，我是跑著去的。走得匆忙，又跑了一段，再加上車子顛簸和汽油味，這一切讓我頭昏腦脹，幾乎一路打瞌睡。等我醒來，才發現自己歪靠在一個軍人身上，他對我笑了笑，問我是不是遠道來的。我只應了聲「是的」，免得再聊下去。

養老院離村子還有兩公里，我徒步走過去。我想馬上去看媽媽，但是門房說我得先見院長，他正忙著，我就等了一會兒。這一路門房講個不停。之後我見到了院長，他在辦公室接見我。院長是個小老頭，胸上戴著榮譽騎士動章。他用一雙清澈的眼睛看著我，然後握著我的手不放，搞得我不知道怎麼把手抽回來。他看了看檔案，跟我說：「莫禾梭太太是三年前來的，你是她唯一的親人。」我覺得他語帶責備，就預備向他解釋，但被他打斷了：「好孩子，你不需要為自己辯解。我看過你母親的檔案，你是沒能力撫養她的。她必需有人照顧，你的薪水有限。再說，她在這兒還過得開心一點。」我說：「是的，院長。」他又說：「你知道，她在這兒有朋友，跟她同年齡的朋友，可以分享他們那一代感興趣的事。你還年輕，她跟你在一起會很無聊的。」

他說得沒錯。以前她住在家裡的時候，總是終日默默用眼光跟著我。剛搬進養老院那段日子，她經常哭，不過那是因為還不習慣，幾個月之後，要是叫她搬出來，她反倒要哭了，這還是個習慣問題。也就是因為這個緣故，最後一年我幾乎沒來過養老院。來一趟要耗去我整個星期天——何況還要花氣力走到公車站、買車票，坐兩個小時的車。

院長還說了一些話，但我沒心思聽，後來他跟我說：「你一定想看看你母親。」我默默站起身來，跟著他走到門口，在臺階上他向我解釋：「我們已經把她的遺體移到這個小太平間，以免驚動其他老人家。每當有住院老人過世，其他人在兩三天之內都會心神不寧，這會增添我們在服務上的麻煩。」我們穿過一個院落，裡面有很多老人三三兩兩交頭接耳。我們經過時，他們就停下來，我們一走開，他們又繼續竊竊私語，像一群吱吱喳喳的鸚鵡。走到一棟建築物的門口，院長向我告辭：「莫禾梭先生，我就不陪你了。若有什麼需要，就到辦公室找我。喪禮原則上訂在明天早上十點鐘，這樣你可以為母親守靈。還有一點，你母親好像常常向她的朋友表示，希望死後有一個宗教喪禮。我已經做了必要的安排，只是想應該讓你知道一下。」我向他道了謝。雖然媽媽活著的時候，從來沒有想過宗教問題，但也不是無神論者。

我走進太平間。房間裡光線很好，石灰刷的白牆，屋頂是玻璃天窗，裡面有幾張椅子，還有些X形的架子。放在正中間的兩只椅子架著一口棺材，已經上了蓋子。棺木用核桃皮染成褐色，上面閃亮的釘子，只鬆鬆地釘著。棺材旁邊，有一位穿著白色護理袍的阿拉伯護士，頭上繫著一條顏色鮮豔的頭巾。

這時候，門房已經站在我的身後。他一定是跑過來的，氣喘吁吁地說：「他們已經把蓋子闔上了，但是我應該把棺材打開來，讓你再看看她。」他走近棺材，但我把他拉住了。他問我：「你不要看嗎？」我回答：「不用了。」他停下來，我有點不自在，覺得我不應該這麼說的。過了一會兒，他看了看我，問道：「為什麼？」但沒有指責的意思，只是想了解吧。我說：「不知道。」他一邊捻著他的白鬍子，眼睛也沒看我，一邊說道：「我懂的。」他的眼睛很漂亮，淺藍色的，臉色紅潤。他搬給我一把椅子，自己也在我後方坐了下來。看護站起身走向出口。這時候門房跟我說：「她臉上長了個瘡。」我還沒意會過來，這時才注意到，那位護士整個頭部都用紗布纏著，只露出一雙眼睛，在鼻子的部位，紗巾是平的，那張臉上只看到紗巾的一片白。

她走了之後，門房對我說：「我還是讓你一個人靜靜吧。」我不知道做了一個什麼手勢，他留了下來，站在我後面。身後站了個人，讓我很不自在。房間裡灑滿了黃昏的美麗光線。兩隻大黃蜂在玻璃窗上嗡嗡叫。我昏昏欲睡。我跟門房說，頭都沒有回：「你在這兒很久了吧？」他立刻接口道：「五年了。」好像早等著我問這句話了。

之後，他就絮絮叨叨說個不停。說他自己再也沒想到，最後會在馬安溝養老院當門房。他今年六十四歲，是巴黎人。這時我打斷他的話：「哦，你不是本地人？」這才想起來，帶我去看院長之前，他曾經跟我談過媽媽，還提到，要趕快讓媽媽下葬，因為平原上天氣熱，尤其是這一帶。那時候他就告訴過我，他以前在巴黎住過，而且一直難忘那段經歷。在巴黎，有時可以陪死者三、四天，在這裡卻得趕時間，還沒有做好心理準備，就急急把棺材搬走了。這時他太太發話：「別說了，這種話不該對先生說。」老先生臉紅了，趕緊跟我道歉。我為他緩頰道：「沒事、沒事。」我覺得他說得沒錯，很有點道理。

在小小的太平間裡，他告訴我，是因為太窮，才進了養老院。他自覺身體還硬朗，所以自薦當門房。我跟他說，反正，你也算這兒的房客，他又說不是。我之前就已經覺得奇怪，他每提到養老院的老人——有些年紀並不比他大——他總是說「他們」、「其他人」，偶爾說「老人」。當然他跟他們不同，他是門房，所以在某種程度上來說，他對老人是有管轄權的。

看護這時候又進來。夜晚突然降臨。很快，玻璃窗就暗下來了。門房扭動了電燈的開關，突如其來的強光讓我眼睛都花了。他請我去食堂進餐，但我不餓，他就建議給我端杯牛奶咖啡。我很喜歡加奶咖啡，就接受了。過了一會兒，他就給我端了一個托盤來。喝完咖啡，就想抽菸，但我遲疑了一下，不知能不能在媽媽這兒抽菸，想了想，覺得這也沒什麼要緊，就遞了一支給門房，兩人一起抽將起來。

過了一會兒，他對我說：「你知道，令堂的朋友也會來守靈，這是慣例。我要去準備些椅子和黑咖啡。」我問他能不能關掉一盞燈，燈光打在牆上的反光讓我很疲倦。他說不行，這裡的設備就是這樣的：要不全開，要不全關。之後我就沒再理會他。他出去又進來，擺好椅子，又在一張椅子上放了咖啡壺，旁邊還有一疊咖啡杯。然後就坐下，面對著我，在媽媽的另一邊。看護也在屋子盡頭，背對著我。我看不清楚她在做什麼，但從她手臂的動作看來，我想她是在織毛線。天氣溫和，喝了咖啡讓我暖和起來。門是打開的，傳來夜晚的氣味和花香。我好像打了一會兒盹。

一陣窸窣聲把我吵醒了。閉了一陣眼睛，屋子的白色顯得更耀眼了，眼前沒有一道陰影，每件東西、每個彎角、所有的曲線，都潔白得刺眼。就在這個時候，媽媽的朋友們進來了，總共大概有十來人。他們在刺眼的光線中默默魚貫而入，靜悄悄地坐下，沒有一張椅子發出一點聲響。我看著他們，臉上的每一個細節都看得清清楚楚，可是卻沒聽到任何聲音，我簡直無法相信他們真的存在。幾乎所有的女人都穿著一件罩衫，腰間繫著一條帶子，使他們的大肚皮更顯眼。我還從來沒有注意過，老女人的肚子可以如此之大，而男人幾乎都很瘦，還拄著拐杖。他們的臉讓我訝異的是，我看不見眼睛，只見到一團皺紋中漏出一線黯淡的光。落座之後，他們大部分的人都看看我，侷促地點個頭，因為嘴裡沒牙，嘴唇完全凹陷不見了，所以我不知道他們是在跟我打招呼，還是習慣性的臉部抽搐。我相信他們是在向我致意。這個時候我才發現，他們都坐在我對面，圍在門房四周，搖晃著腦袋。有片刻，我突然有一個荒謬的感覺：他們像是在審判我。

不一會兒，一位老太太開始哭泣。她被其他人遮住了，所以我看不清楚。她的哭聲很低但很規律，我覺得好像沒完沒了，其他人似乎完全沒聽到。他們個個孱弱、了無生氣、靜默無聲，盯著棺材或自己的拐杖，或隨便什麼東西，就是呆呆地盯著。那老太太一直哭，令我很驚訝，因為我不認識她。我真希望她別哭了，但是不好跟她說。門房上前彎身勸說，但是她搖搖頭，含糊的說了些什麼，又繼續她規律的哭聲。門房於是往我這邊走來，在我旁邊坐下。過了好一陣子，他沒回頭看我，只說：「她跟令堂很要好，說是她在這兒唯一的朋友，現在就只剩她孤伶伶一個人了。」

就這樣過了好一陣子，老太太的嘆息和啜泣聲漸漸弱了，開始不停地吸鼻子。最後終於安靜。我睡意全消，可是很疲倦而且兩邊腰痛。這會兒眾人的一片死寂教人難受，只有偶爾會聽到一個奇怪的聲響，可是不知道是什麼。久了，我終於猜出來了，是有幾個老人家在咂嘴巴，於是發出一種古怪的咂嘴聲，但是他們完全沒有察覺，全都沉浸在自己的思緒中。我甚至覺得，躺在他們中間的這位死者，在他們眼中，無關緊要。不過現在我才知道，這個印象是錯誤的。

喝了門房為我們準備的咖啡，之後的事，我就不記得了。夜晚就這樣過去了。只記得有一次我張開眼，見老人家們睡得東倒西歪，只有一個人，雙手托著拐杖，下巴靠在手背上，兩眼直直地盯著我，好像就在等著我醒過來。之後我又睡著了。但我的腰越來越痛，又醒了。陽光從玻璃天窗灑進來。過了一會，有一位老人醒了，咳得很厲害。他把痰吐在一個方格子的大手帕裡，每咳一口都像是要把肺吐了出來。咳聲把其他人都吵醒了。這時門房說該走了。眾人起身，這一夜的煎熬讓他們個個面色如土。臨走的時候，讓我非常驚訝的是，他們每個人都來跟我握了手，彷彿這個夜晚，儘管我們沒有交談，卻讓我們親近了許多。

我非常疲倦。門房把我帶到他那裡，讓我梳洗一下，我又喝了杯加奶咖啡，味道很好。我走出來的時候，天已經大亮了。在馬安溝和大海之間的天空中，佈滿了紅暈，風從山丘上吹過，帶來一陣海鹽的味道，看來會是個好天氣。我已經很久沒有到鄉間走走，不禁想到，若不是有媽媽的喪事，在這裡散散步該是多麼愉快的事。

我在中庭一棵梧桐樹下等著，聞到新鮮泥土的氣味，頓時睡意全消了。

我想到辦公室的同事，他們這會兒正要起身，準備上工呢，對我來說，這永遠是最痛苦的時刻。窗子後面有搬東西的聲響，之後又回歸平靜。太陽昇得更高，已經開始曬到我的腳了。這時門房穿過中庭來告訴我，院長要我去一下。我進了他的辦公室，他要我簽了幾份文件。我注意到他穿了一身黑衣和條紋長褲。他手裡拿著電話，一邊對我說：「殯儀館的人已經到了好一陣子，我要請他們闔上棺蓋了，你要不要再看母親最後一眼？」我說不用。他於是降低音量，對著話筒說：「費嘉克，跟他們說可以了。」

隨後，他告訴我，他會參加喪禮，我道了謝。他坐在辦公桌後面，把兩隻細瘦的腳交叉起來，告訴我，喪禮只有我、他和值班的護士，沒有別人了。原則上，其他院友不參加喪禮，只讓他們守靈：「這是出於人道考量。」但他破例允許媽媽的一位老朋友托馬・貝艾茲（Thomas Pérez）跟隨出殯。說到這兒，院長笑了。他告訴我：「你要了解，這是一種有點稚氣的感情。他和你母親形影不離。在安養院大夥兒喜歡開他們玩笑，會對貝艾茲說：

『這是你女朋友啊。』他就會笑，但這句話是讓他們很開心的。莫禾梭太太過世，對他的打擊很大。我認為我不能拒絕他參加喪禮，但我接受醫師的建議，不讓他參加昨夜的守靈。」

之後，我們默默相對了一陣子。院長起身，望向辦公室的窗子。突然，他說：「馬安溝的神父已經來了，比預定的時間早。」他說，走到村子的教堂至少要三刻鐘。我們下了樓，在大樓前看到神父領著兩個侍童，其中一個手持香爐，神父朝他彎下身來，調整香爐上銀鍊的長度。我們到了之後，神父站起身來。他叫我：「我的孩子」，對我說了幾句話之後，就走進屋內，我也隨他進入。

我一眼就看到棺木的螺絲已經栓上，旁邊有四個身著黑衣的人。這時我聽到院長說靈柩車已經在路邊等候。神父開始禱告。從這時開始，過程進行快速。四個人在棺木上覆蓋棺罩。神父、侍童、院長和我都出了門。在大門前，有一位我不認識的女士叫我：「莫禾梭先生」，我沒聽清楚這位女士的名字，只知道是護士長。她向我彎身致意，削瘦狹長的臉上沒有一絲笑容。之後，我們列隊讓遺體先行，隨著托棺者的腳步，出了安養院。大門前停著靈柩車，漆得發亮，長方形，看起來像個鉛筆盒。車子旁邊有一位個子矮小、穿著滑稽、舉止煞有介事的老先生，就是貝艾茲先生。他頭戴一頂帽沿很大的軟呢圓帽（在棺木經過時，他舉帽致意），身著西裝，長褲的腳管紮在鞋面上，頸子上打著一個很小的黑色領結，跟他白色的大領子很不相稱。長滿黑點的鼻子下，嘴唇不停地顫抖，纖細的白髮中露出兩隻細長的耳朵，搖晃的耳緣形狀怪異，顏色紅通通的，與蒼白的臉色反差甚大，讓我印象深刻。司儀讓我們各自就位，神父走在最前面，車子隨後，四個男子圍在車子旁邊，後面是院長、我和走在最後面的護士和貝艾茲先生。

這時日正當中，烘烤著地面，熱度快速上竄。我不知道為什麼要等那麼久才上路。裹在黑色的喪服中，讓我熱得難受。那位小老頭先前戴上了帽子，這會兒又脫了下來。我略朝他的方向站著，院長跟他談話的時候，我正看著他。院長說，以前貝艾茲和我母親常常晚上一起散步到村裡去，由一位護士陪著。我放眼看這鄉間的周遭環境：成排的柏樹一直延伸到天際的山丘，棕紅與綠色相間的大地，還有稀稀落落、輪廓清晰的房屋，我體會了媽媽的心境。在這片鄉間，夜晚應該是一個憂鬱的休止符。而今天，肆虐的陽光卻讓這片風景戰慄不安，使它變得殘酷無情，令人沮喪。

我們上路了。這時我才發現貝艾茲有點瘸。車子的速度漸漸加快，他老人家跟不上隊伍了。護棺中的一員也落在後面，跟我走到旁邊了。太陽昇高的快速讓我驚訝。我注意到田野間草長蟲鳴，一直嗡嗡作響。汗水從我的雙頰流下，我沒有帽子，只能用手帕搧風。殯喪館的一個人跟我說了什麼，我沒聽清楚。他一邊用左手拿手帕擦額頭，一邊用右手將帽沿抬起來。我問他：「你剛才說什麼哪？」他指著天空，說：「太陽烤人啊！」我說，「是啊。」過了一會，他問：「裡面是你的母親？」我回答：「是的。」「她歲數很大了吧？」我回答：「大概是吧。」因為我不知道她確切的年齡。之後，他就沒再說話了。我轉過身，看見老貝艾茲已經落後我們有五十公尺了，他費勁地搖晃著他的呢帽子。我又看了看院長，他很有尊嚴的邁著步子，沒有多餘的動作，額頭沁出幾滴汗水，他也不擦。

我感覺隊伍走得更快了。四周是同樣吸飽陽光的明亮鄉野，太陽的強光仍是讓人難以承受。有一次，我們走過一段剛剛整修過的馬路，太陽竟然把柏油路面都曬化了，腳步就陷入其中，露出裡面油晃晃的軟瀝青。在靈車上，車夫那頂熟牛皮的帽子就像是用這種黑泥搓揉出來的。藍白的天空和單調的色彩——柏油翻開的黏乎乎的黑、喪服暗沉的黑、靈車發亮的黑——讓我有些迷糊了。所有這些陽光、皮革和馬糞的味道，還有油漆和香爐的氣味，加上一夜未闔眼的疲憊，使我的眼睛和思緒都一片混沌。我再度轉身：貝艾茲已經遠遠落在後面，消失在一團熱氣之中，然後就看不見了。我用眼光搜尋，看見他已離開馬路，往田野裡走去。我這才發現眼前的馬路轉了彎。原來貝艾茲熟悉這裡的地形，他抄小路好趕上我們。到轉彎處，他已經趕上我們了。之後，他又脫隊，又穿越田野，如此這般數次。而我，一直覺得太陽穴下血脈跳得厲害。

之後的事進行得如此快速、如此確定、如此理所當然，我什麼都不記得了。只記得一件事：在村子的入口，護士長曾經跟我講話。她的聲音很特別，悅耳帶點顫抖，與她的長相完全不相稱。她說：「如果慢慢走，有中暑的危險，但是走得太快又會流汗，到了教堂裡可能會著涼。」說得沒錯，真叫人左右為難。對這個日子，我腦子裡還留下幾個深刻的影像：貝艾茲的臉──他最後一次在村子口趕上我們的時候，臉頰上滿是大顆顆因緊張、痛苦而湧出的淚水，在佈滿皺紋的臉上，淚珠不會流動，而是散佈串連，在變形的臉上形成一層晶瑩的水幕──還有教堂和人行道上的村民、墓園墳墓上紅色的天竺葵、貝艾茲昏倒路邊（簡直像一具散了架的木偶）、媽媽棺木上滾動的血色的泥土，還摻雜著白色的樹根，許許多多人、聲音、村子、在咖啡館前的等待、靈車馬達不停的嗡嗡響，還有，當巴士駛入阿爾及爾燈火之中，我的欣喜——想到可以躺下來睡它十二個小時。

第二章

一覺睡醒，我才搞懂為什麼我向老闆請兩天假的時候，他老大不高興，因為今天是週六。我幾乎完全忘了，醒來的時候才想起這件事。老闆自然會想，加上星期天，我就連休四天假，他當然不會開心。不過媽媽下葬是昨天，不是今天，這不能怪我，再說，週六、週日本來就是假日。不過，我還是能夠了解老闆的心情。

昨天整日的折騰把我累壞了，早上起床很是痛苦。一邊刮鬍子一邊想著今天要幹什麼，決定去海邊游泳。於是搭車去港口的海邊浴場。我躍身水道之中，年輕人很多。在水裡我遇見瑪莉．卡多納（Marie Cardona），她是我以前辦公室的打字員，那時候我就對她有意思，我想她對我也有好感，可惜她很快就離職了，我們還沒來得及發展。我扶她上了一只浮標，這就碰觸到她的乳房。我還在水裡，她已經平躺在浮標上。她轉過身來對著我，髮絲拂在眼睛上，還一邊笑著，我爬上浮標躺在她身旁。天氣非常好，我好玩的把頭往後仰放在她的肚子上，她沒有作聲，我就這樣躺著，眼睛望著整個天空，一片蔚藍還鑲著金邊。在我的頸子下面，可以感覺她腹部輕輕地起伏。我們就這樣，半醒半睡地躺在浮標上很久。後來陽光太烈，她又跳進水裡，我也跟進。我追上她，把手繞在她的腰上，一起游泳。她一直笑著。回到浮標上，一邊擦乾頭髮一邊跟我說：「我曬得比你黑。」我問她，晚上要不要跟我去看電影。她又笑了，說想看一部費農戴[1]主演的片子。等我們換好衣服，她看到我的黑領帶，問我是不是在戴孝。我告訴她媽媽過世，她問我是什麼時候的事，我告訴她：「是昨天。」她嚇得往後退了一步，但沒有任何表示。我很想告訴她，這不是我的錯，但忍住沒說，因為我想起來這句話已經跟老闆說過，沒什麼意思。何況，人難免會有些錯處。

晚上，瑪莉就都忘了。電影有些片段很好笑，但實在太愚蠢。她的腿貼著我的，我撫摸她的乳房。電影快要結束的時候，我親了她，但是有點笨拙。看完電影，我就把她帶回家。

醒來的時候，瑪莉已經走了，她告訴我要去看阿姨。我想到今天是星期天，覺得很無聊：我不喜歡星期天。於是，我又躺回床上，在長枕頭裡找尋瑪莉頭髮留下的海鹽的味道，一直睡到十點鐘，然後又在床上抽菸，就這樣賴到中午。我不想像平常那樣去賽來斯特的館子吃飯，因為他們肯定會問我一大堆問題，我不喜歡。就自己煎了雞蛋，就著鍋子裡吃了，也沒配麵包，因為家裡沒有了，我也懶得下樓去買。

1 Fernandel，1903-1971，法國著名搞笑喜劇演員。

吃了中飯，我無聊得在公寓裡打轉。媽媽在的時候，這公寓很方便，現在對我一個人就太大了。我把餐廳裡的餐桌搬到臥室裡，就在這一個房間裡活動，只剩一張有點下陷的草編椅子、一個鏡面有點發黃的衣櫥、一個梳妝臺、一張銅床，其他地方都廢著，沒人打理。過了一會兒，為了找點事做，就拿起一張舊報紙來讀，從裡面剪下一塊「苦神鹽」的廣告[2]，把它貼在一本老舊的剪貼簿裡，我把所有在報紙上看到的有趣東西都貼在裡面。又洗了洗手，最後站到陽臺上。

我的房間面向村子最大的一條街。下午的街道很美，但是路面泥濘，行人稀少又匆忙。先看到些出門蹓躂的家人，兩個穿著海軍裝的小男孩，短褲過膝，在筆挺的衣服裡顯得很侷促，一個小女孩打著一只粉紅色的大蝴蝶結，腳穿黑色漆皮鞋。他們後面，跟著一個體積龐大的母親，身著咖啡色絲質洋裝。父親身材矮小瘦弱，有點面熟。他戴著平頂窄邊草帽，手裡拿著拐杖。看著他跟太太一起，難怪這一帶的人都說他氣度優雅。過了一陣子，是一批村裡的年輕人，梳著油亮亮的頭髮，打著紅色領帶，緊身外套上插著繡了花的方巾，腳踏方頭皮鞋。我想他們應該是趕去市中心看電影，所以才這麼早出發，急急忙忙地往電車方向奔去，一邊大聲說笑著。

這一群人走過後，這條路就慢慢冷清了。想是晚上的各種熱鬧都已開始，街上只剩下店家和貓。從沿路的無花果樹上望去，天空晴朗，但光線不耀眼。對面走道上賣菸草的店家，搬出來一張椅子放在門前，跨坐其上，兩隻胳臂撐在椅背上。剛剛擠滿人的電車，這會兒幾乎是空的。賣菸草攤子旁的小咖啡館「皮耶侯之家」裡，侍者正在空蕩蕩的館裡清掃木屑。標準的星期天景象。

我把椅子反轉過來，像賣菸草的那樣放著，覺得這樣比較方便。抽了兩根菸，回到房裡拿了一塊巧克力，站在陽臺窗邊吃。過了沒多久，天色暗下

2 Les sels Kruschen 是二十世紀初法國流行的一種營養食品，因趣味化廣告而家喻戶曉。

來，我以為會來一場夏日暴風雨，然而雲層又逐漸散去。但烏雲過境，預兆山雨欲來，使街道變暗了。我在陽臺上仰望天空，待了很久。

五點鐘，有軌電車在嘈雜聲中抵達了。車上滿載著一群群從郊區體育館回來的觀眾，站在踏板和電車後面的鐵欄杆上。隨後的幾班電車載回來的是球員，我從他們的小旅行袋子認出來的。他們扯著嗓子大聲叫著、唱著，歌頌他們的俱樂部永遠屹立不搖。有幾位還跟我打招呼，其中一個對著我大叫：「我們把他們幹掉了。」我一邊點頭，一邊大聲回應。之後，汽車就開始大批湧進。

天色又暗了一些。屋頂上方，天色泛紅，隨著夜晚的降臨，街道開始熱鬧起來，散步的人漸漸回來了。孩子們有的哭著，有的讓大人拽著走。就在這時候，村子裡電影院散場的觀眾也湧入街頭。其中，年輕人的神情都比平常活躍，我猜大概是剛看了一部冒險電影吧。到城裡看電影的人回來得晚些。他們看起來比較嚴肅，雖然還笑著，但不時露出疲憊、若有所思的樣子，繼續在街上晃蕩，在對面的人行道上來來去去。村裡的姑娘，散著頭髮，手挽著手。小夥子故意迎著她們走過去，跟她們說些笑話，讓她們邊扭過頭去，邊咯咯笑。其中有幾個我認識的，跟我打招呼。

街燈這時突然亮起，讓夜空裡剛出現的幾顆星星顯得黯淡。我看著人行道上的人群和燈火，眼睛開始覺得累了。路燈照在濕漉漉的石砌路上，電車規律地每隔一會兒，便將影子投射在發亮的頭髮、一個笑容或一只銀手鐲上面。過了一會兒，電車班次少了，樹梢和街燈上的夜色更暗了。不知不覺中，街區已經空無一人，直到第一隻貓出現，慢慢穿過又變得空蕩的街頭，這才想到，該吃晚餐了。因為一直靠在椅背上，脖子有點痠痛。我下樓買了麵包和麵條，做了晚餐，站著就吃了。本來想到窗口抽根菸，但天涼了，覺得有點冷，於是把窗子關了。回頭看到鏡子裡一角上的酒精燈旁，還有幾塊麵包。心裡想著：一個星期天又這樣混過去了。媽媽已經下葬，我又要開始上班了。總之，一切沒變，日子還是照樣過。

第三章

今天我在辦公室工作賣力，老闆對我也特別親切，問我這些天會不會太累了，還問到媽媽的年紀。我說「六十來歲」，免得說錯，不知道為什麼，他看起來像是鬆了口氣，大概覺得了結了一樁事吧。

我的桌上堆積了一大疊提單，我得一一處理。在離開辦公室去吃飯之前，我去洗了個手。我最喜歡中午這段時間，晚上擦手就沒那麼舒爽，因為牆上轉動的拭手巾用了一整天，已經全濕了。我曾經向老闆反應過這件事，他的回答是，這雖然有點不便，也沒什麼大不了的。我耽擱了一會兒，十二點半，才跟運送部門的艾曼鈕一起出門。辦公室正對著大海，我們觀望了一陣烈陽下港口裡的貨輪。就在這個時候，一輛卡車開過來，一路響著鐵鏈的撞擊聲和轟隆隆的爆炸聲。艾曼鈕對我說：「追上去吧？」我邁開步子就跑。卡車已經超過我們，我們使勁在後面追趕，霎時被淹沒在噪音和灰塵裡，我什麼都看不見了，只覺得自己在絞車、機器、天際飄動的船桅和沿岸的船身之間狂亂的飛奔。我搶先抓住了車桿，一躍而上，再幫艾曼鈕坐下。兩個人氣喘吁吁。卡車就在灰塵和大太陽下，一路在崎嶇不平的路上顛簸。艾曼鈕笑得喘不過氣來。

到得賽來斯特處，已是大汗淋漓。賽來斯特永遠守在店裡，挺著他的大肚皮，繫著圍裙，留著白鬍子。他問我：「你還好吧？」我說還行，告訴他我餓了。我吃得很快，還喝了杯咖啡，然後就回家，睡了一會，因為酒喝多了。醒來的時候想抽根菸，但時間不早了，我跑著去趕電車。一個下午都很忙。辦公室熱得很，晚上下班出來，我很愉快地沿著岸邊漫步回家。天空碧緣，心情大好。但我還是直接回家了，想著為自己做一份煮洋芋泥。

上樓梯的時候，在漆黑的樓梯上撞到了住在同層樓的鄰居，老薩拉曼諾（Salamano），帶著他的狗。他跟這隻老狗相依為命已經八年了。這隻西班牙獵犬有皮膚病，我猜是紅斑疹，所以毛都掉光了，滿身是痂和褐色的疤。老薩拉曼諾跟他的老狗長期窩在一個房間裡，跟牠愈來愈像了。那隻狗也是一臉紅色的痂，毛髮枯黃稀疏，也跟牠的主人一樣，有點駝，嘴巴向前突出，脖子僵直。他倆看起來是同一品種，卻彼此嫌惡。每天兩次：上午十一時和下午六時，老頭會出門遛狗。八年來，走的都是同一路線：一直沿著里昂街走。其實是老狗拖著老頭走，一直拖到他踉蹌倒地，老頭於是對著狗一頓打罵，老狗嚇得抽筋，只好跟著走。這下輪到老頭拖著狗往前走，等老狗忘了，牠又開始拉著主人，難免又要挨打挨罵。之後，他倆就待在人行道上對望，狗帶著畏懼，老頭帶著怨恨。如此這般，日復一日。狗想撒尿的時候，老頭不讓牠好好撒，繼續拖著牠往前走，於是這狗就沿路滴尿，偶而也會尿在屋子裡，免不了又是一頓打罵。就這樣過了八年。賽來斯特總是說：「真可憐哪！」其實誰也不知道是怎麼回事。我在樓梯間遇到薩拉曼諾正在怒罵那隻老狗。他吼著：「混帳！死東西！」老狗一陣呻吟。我對老薩說了聲：「晚安」，但是老頭還是罵個不停。我於是問他這狗幹了什麼事惹他生那麼大的氣，他沒回答，還是連聲「混帳！死東西！」他面朝老狗，正在調整狗的項圈吧。我猜他沒聽見，就說得更大聲一點。他頭也沒回地回答，似乎是按耐著滿腔的怒氣：「我氣牠還賴著不死。」說著又拖著狗走了。老狗四腳趴地，一路呻吟。

就在這時候，同層的另一位鄰居回來了。這附近的人，都說他是個吃軟飯的。但是別人問他幹哪一行，他總是說他是「倉庫管理員」。大致看來，在這棟樓裡，他的人緣極差。但他倒是常跟我聊，有時還會到我屋裡坐坐，因為我會聽他說話。我覺得他講話挺有趣的，何況，我也沒什麼理由不跟他說話。他名叫雷蒙・杉泰斯（Raymond Sintès）。他個頭小、肩膀寬，長著一個拳擊手的歪鼻子，總是穿著體面，說到薩拉曼諾，他也說：「真是可憐見的！」還問我會不會覺得很噁心，我說不會。

我們上了樓，道別時他問我：「我屋裡有豬血腸和酒。要不要來吃點？」我想這樣省得自己開伙，就答應了。他也只有一間房和一個沒窗戶的廚房。床的上方，有一個白色粉色相間、灰泥製的天使塑像，還有幾張拳擊冠軍照和兩三張裸女圖片。屋裡很髒，床也沒鋪。他先點亮石油燈，然後從口袋裡掏出一捲髒兮兮的繃帶，把右手包紮起來。我問他怎麼了，他說他剛剛跟一個找他麻煩的人幹了一架。

「莫禾梭先生，您知道，」他對我說，「我不是壞人，只是性子烈。那個人衝著我說，『你要是個男子漢，就給我從電車下來。』我跟他說：『得了，安分點吧。』他說我不是個男人，所以我就下車對他說：『你還是少說兩句，免得我收拾你。』他回說：『你憑什麼？』我立馬給了他一拳，就把他給擺平了。我呢，正預備扶他起來，他卻躺在地上，往我踹了好幾腳。我又給了他一腿，再狠狠打了他兩拳，他滿臉掛彩。我問他，苦頭吃夠了沒有，他說：『夠了。』」

說話的時候，杉泰斯一直在綁他的繃帶。我坐在他的床上。他繼續說：「您看，這可不是我挑起的，是他存心找麻煩。」他說得沒錯，我同意。然後他表示，正想請教我對這件事有什麼建議。他認為我是個男子漢，又有人生閱歷，我可以幫他的忙，往後我們就是哥兒們了。我沒說話，他問我想不想當他的哥兒們，我說無所謂，他似乎很滿意。於是取出豬血腸在鍋子上煎，又拿了杯子盤子餐具和兩瓶酒。兩人都靜靜地沒說話，之後我們就坐上餐桌，一邊吃，他一邊跟我講他的故事，起初還有點遲疑：「我認識一個女人……也可以說是我的相好吧。」他打的那個人正是他情婦的兄弟。杉泰斯說他曾經供養他的情婦，我沒搭話，他隨即又說，他知道街坊鄰居怎麼議論他，但他問心無愧，而且他是倉庫管理員。

「回頭來說我的事吧，」他對我說，「我發現她對我不老實。」他供應她勉強夠用的花費，付她的房租，還有每天二十法郎的飯錢。「三百房租，六百餐費，偶爾替她買雙絲襪，這就要一千法郎了。而且這位大小姐不肯工作，還嫌我給她的錢太少，不夠花。我就問她，『那妳為什麼不找個半天的工作？這樣就可以買妳想買的那些東西，也可以讓我舒口氣。我這個月已經給妳買了一件套裝，每天給妳二十法郎，又付房租，而妳呢，只會下午跟朋友喝咖啡。妳拿出咖啡和糖去請他們，錢可是我給的。我對妳好，妳卻不知好歹』。她就是不肯打工，硬說是辦不到。我這才發現她不老實。」

接著他又說，他在她的口袋裡找到一張彩券，卻說不出哪裡來的錢。後來，他又在她的住處找到一個去過當鋪的「證據」，她當掉了兩只手鐲。他可從來不知道她有這兩只鐲子。「擺明了，是她騙我，我就跟她分手了。但是我先揍了她一頓，告訴她別以為我不曉得她那些花樣。我跟她說，她想要的不過就是找樂子。莫禾梭先生，您明白吧，就像我跟她說的：『妳沒看見大家都嫉妒我給妳過的好日子，妳以後就會知道妳多有福氣。』」

這回把她打到見血。之前，他是不打她的。「我只是拍拍她，可以說是很溫柔的。她會亂叫，我就把百葉窗拉下來，也就沒事了。但是這次可嚴重了。雖然對我來說，我覺得教訓得還不夠。」

因此他說，想聽聽我的意見。他停下來撥了撥燈芯。而我，一直聽著他講。我已經喝下一公升的酒，兩邊的太陽穴都發燙。菸抽完了，就抽雷蒙的。最後的班車都過了，也帶走了村子裡的喧囂。雷蒙繼續說。他覺得煩惱的是，「他對她的肉體還捨不下」，但他還是要教訓她。他本想把她帶到旅館開房間，再叫來「風化警察」鬧個醜聞，讓她登上賣鶯名單。但他後來找到在風化場裡混的朋友打聽，他們也沒想出什麼法子。不過就像雷蒙對我說的，道上的朋友還是很管用的。他把事情向他們說明以後，他們就建議給她「打個烙印」，但他不願這麼幹，他還要仔細想想。在做決定之前，他要我幫個忙，他想知道我對這件事有什麼想法。我表示沒什麼想法，但是聽來有趣。他問我這中間有沒有不忠的問題，我覺得的確有問題。他又問，她是否該受點教訓，若是我碰到這種事會怎麼做，我跟他說，真碰上這事會怎麼反應，很難說，但是我能了解他想給她一個教訓。我又喝了點酒。他點燃一支菸，這才把他的主意告訴我。他想給她寫封信：「好好踹她幾腳，但同時要讓她後悔。」之後，等她回心轉意，就再跟她睡覺，「就在要完事的時候」，他會朝她臉上吐口水，把她轟出去。我也覺得這樣一來，她就受到教訓了。但雷蒙跟我說，他自覺沒能力寫這封信，於是想到找我代筆。他見我沒吭聲，就問我是否介意馬上就寫這封信，我說不介意。

一杯酒下肚之後，他就站起身來，把碗碟和吃剩下的一點豬血腸推到一邊，還把桌上鋪的塑膠桌布仔細擦了一遍，從床頭桌的抽屜裡取出一張格子紙、一個黃色信封、一支小小的紅木鋼筆和一支紫色墨水的方墨水瓶。我聽到他說出這女子的名字，就知道是個北非摩爾人。我把信寫了，寫得有點心不在焉，但我還是盡量讓雷蒙滿意，我沒有理由讓他不高興。然後我把信大聲讀了一遍，他邊抽菸邊點頭，又要我再讀了一遍，這才完全放心，對我說道：「我就知道，你是個見過世面的人。」我起先還沒留意，他對我的稱呼從「您」變成「你」，直到他鄭重宣示：「現在你是我的好哥兒們了。」我這才發覺的。他把這句話重複了幾次，我也連連稱是。我對哥兒們這回事無所謂，但他像是真心誠意的。他把信封好，我們又把酒給乾了，就靜靜地抽了一會兒菸。外面一片靜寂，可以清楚聽到一部公車滑過的聲音。我說：「時間不早了。」雷蒙也附和說，時間過得真快，在某種意義上，的確是的。我很睏，連站起來的力氣都沒有。想必我看起來垂頭喪氣，因為雷蒙對我說不可以自暴自棄。起先我還沒聽懂，他解釋說，他知道我母親過世了，但這種事早晚都是要來的。我也是這麼想的。

我站起身，雷蒙用力握住我的手說道，男人跟男人之間，心意總是能相通的。從他家出來，我把門帶上，在黑漆漆的樓梯間裡待了一會兒。整棟樓都很安靜，從樓梯間深處，冒出一股陰暗潮溼的氣息。耳朵裡只聽得血管在噗噗地跳，我就靜靜站著不動。從薩拉曼諾的房裡，又傳來那隻老狗低沉的呻吟聲。

第四章

接下來的一整個星期，我都賣力工作。雷蒙來找過我，信已經寄出去了。我跟艾曼鈕去看過兩次電影，他常常看不懂，我得解釋給他聽。昨天是週末，瑪莉來了，我們約好的。她穿了一件紅白條子的漂亮洋裝，腳上是一雙皮涼鞋，還可以隱約看到她結實的乳房，曬亮的皮膚讓她的臉燦爛得像朵花，令我垂涎，勾起我的慾望。我們搭公車，到阿爾及爾幾公里外的海灘，它夾在岩石之間，靠岸那邊是大片蘆葦。下午四點鐘的太陽不太熱，但海水還是溫的，細微的海浪拖得很長，懶洋洋的。瑪莉教我一個遊戲：游水時在浪頭上吞一口浪花，然後翻身來把那口水吐向天空，這就形成一條泡沫的花邊，慢慢在空間消失，或者是像雨水一樣，落到我自己臉上。這麼玩著，沒多久，我滿嘴都是海鹽的苦澀味。瑪莉回到我身邊，在水裡黏著我，把嘴貼上我的，舌頭把我的唇潤溼了。我們就這樣在浪中翻轉了好一陣子。

等我們回到沙灘穿好了衣服，瑪莉望著我，一雙眼發亮。我吻她。之後，我們不再說話。我把她摟在懷裡，急著找輛公車回家，到我那兒，躺上床去。出門時我讓窗戶開著，這時夏日的夜晚在我們曬過的身體上流淌而過，真舒服。

今天上午瑪莉留在我這兒，我跟她說好一起吃中飯。我下樓去買肉。上樓時，聽到雷蒙房裡有一個女人的聲音。幾乎同時，又聽到老薩拉曼諾在罵他的狗，還有木樓梯上的腳步聲和狗爪子的聲音，接著就是：「混帳！死東西！」他們已經到了街上。我把這老傢伙的故事告訴瑪莉，把她逗笑了。她穿著我的大睡衣，把袖子捲起來。她笑的時候，我又想跟她上床。過了一會兒，她問我愛不愛她。我跟她說，這話沒什麼意義，我覺得是不愛。她看起來很傷心。在做午餐的時候，她忽然莫名其妙狂笑不止，我只好把她摟進懷裡。就在這時，從雷蒙那裡傳出吵架的聲音。

起先聽到一個女子尖銳的叫聲，跟著是雷蒙的聲音：「我叫妳騙我，我叫妳騙我，我要好好教妳怎麼騙我！」一聲低啞的咕噥之後，女人放聲吼叫起來。聲音如此驚悚，霎時間，樓梯間擠滿了人。瑪莉和我也走出房間。女人還在叫，雷蒙則繼續打。瑪莉說這太可怕了，我沒搭話。她要我去叫警察，可是我跟她說，我不喜歡警察。但警察已然來了，是三樓住的修水管的叫來的。警員敲了敲門，裡面就不出聲了。警察更用力敲了一陣，女人還在哭，雷蒙這才把門打開了。他嘴裡叼了一根菸，故作和善的樣子。女孩衝到門口對警察說，雷蒙打她。警察叫雷蒙報上名來，雷蒙乖乖回答了。警察又說：「你跟我講話的時候把菸丟掉。」雷蒙猶疑了一下，看了我一眼，又狠狠吸了一口菸。這時警察朝著他的臉，狠狠甩了一個結結實實的大巴掌，菸被甩到幾米之外。雷蒙臉色都變了，但他一聲沒吭，然後低聲下氣地問，能不能把菸頭揀回來。警察說可以，但又加了一句：「下次你就知道，警察可不是吃素的！」女子還一直哭，不斷地說：「他打我，他是個拉皮條的。」「警察先生，說一個男人拉皮條不違法嗎？」警察叫他閉嘴，雷蒙轉身對女子說：「妳等著吧，小娘們，咱們走著瞧。」警察叫他少廢話，女孩可以走了，而他得待屋子裡等候警察局傳訊，還說他醉得渾身打哆嗦，自己應該覺得羞愧。雷蒙急著辯解：「我沒喝醉，只是我站在你面前，肯定是要發抖的。」他把門關上，大夥兒一哄而散。瑪莉和我做好了中飯，但是瑪莉沒胃口，我一個人一掃而光。她大約一點鐘離去。我睡了一會兒。

大約三點鐘有人敲門，雷蒙進來了。我還躺在床上。他就在我床邊坐下。有一會兒，他沒說話，我就問他後來事情怎麼樣了。他告訴我，他做了他想做的，其實是她先打了他一耳光，他才揍她的，至於以後的事我都看到了。我跟他說，我覺得她現在已經受到教訓，他應該滿意了。他也認同，還指出，警察想幫她也是白費勁，反正她終究是挨了揍。他還說，他很了解警察那一套，知道怎麼應付他們。他接著問我，是不是等著他回應警察那一巴掌，我說沒有，而且我不喜歡警察。雷蒙似乎很高興，問我要不要跟他一起出去。我於是起身梳了梳頭髮。他又要求我一定要當他的證人，我倒無所謂，但是我不知道該說什麼。照雷蒙的說法，我只消說，那女的對不起他就行了，我於是答應當他的證人。

我們出了門，雷蒙請我喝了杯白蘭地，然後又打了一局檯球，以些微差距，我輸了。之後他邀我逛窯子，我沒興趣，拒絕了。於是兩人就慢悠悠走回家。他一路繼續說，他很高興把他的情婦教訓了一頓。我覺得他對我很好，我們度過一段好時光。

老遠我就看到薩拉曼諾站在門口，一副失魂落魄的樣子。等走近了才發現，他的老狗不在旁邊。他東張西望，慌亂地團團轉，想望穿走廊的陰暗深處，嘴裡語無倫次地咕噥著，一邊用他那雙小小的紅眼睛，在街上仔細搜尋。雷蒙問他怎麼了，他沒有馬上回答，只模糊地聽到他自顧自地嘀咕：「混帳！死東西！」還不斷比手畫腳。我問他老狗到哪裡去了，他猛然說牠失蹤了。接著又滔滔不絕地說：「我像平常一樣，把牠帶到『練兵場市集』臨時搭的木棚。四周都是人，我停下來看一齣《落難國王》，準備走的時候，牠已經不見了。本來我早想幫牠買一個緊一點的狗套，可我再也沒想到，這死東西會這樣就跑了。」

雷蒙跟他說，老狗可能是走丟了，自己會找回來的，還舉了很多例子，有些狗可以跑上好幾公里回來找主人。話雖如此，老頭似乎更激動了。「他們會把牠帶走的，你們懂吧。說不定還有人收養牠呢。不過這不太可能，牠長了那麼些瘡，沒人不嫌的。一定會被警察局抓去。」我告訴他可以到動物收容所去看看，繳一點手續費就可以把牠領回。他問我，手續費貴不貴，我也不清楚，於是他發火了：「要為這個死東西花錢！讓牠餓死算了。」然後又開始辱罵不停。雷蒙聽了好笑，進了房子，我跟著他進去，在樓梯間分手。

不一會兒，又聽到老頭的腳步聲，他敲我的門呢。打開門，他在門口站了一會兒，不住地說：「對不起，對不起。」我請他進屋坐，他不肯，只盯著鞋尖，粗糙的雙手不停顫抖，也沒有抬頭看我，他問：「他們不會把牠帶走的吧，莫禾梭先生？他們會把牠還給我的吧，要不我的日子怎麼過啊？」我告訴他，收容所會收留三天，等主人去領，三天之後就任由他們處理了。他靜靜地望著我，然後道了聲晚安，把門關了。我還聽到他在房裡踱來踱去，他的床嘎吱嘎吱地響，一種奇怪的細碎聲音穿牆而來，我聽出是他在哭。不知道為什麼我想到媽媽。但我隔天早上，得起個早，肚子不餓，晚飯也沒吃就睡了。

第五章

雷蒙打電話到辦公室來，說他的一個朋友（他曾跟朋友談起過我）邀我星期天到他在阿爾及爾附近的木屋去玩。我表示很樂意，但已經約了一位女朋友。雷蒙立刻邀她一起去，還說，他朋友的太太會很高興在一群男士中，有個女伴。

我很想馬上掛斷電話，因為知道老闆不喜歡我們在辦公室打私人電話。但雷蒙要我再等一下，說他本來可以等晚上再說，但他還有另外一件事要提醒我。因為他一整天都被一群阿拉伯人盯上，其中就有他老情人的兄弟。

「如果你今晚回家時看到他們，先通知我。」我說，沒問題。

過了一會兒，老闆找我，一時間，我還擔心，怕他要我少打電話，多幹活。結果完全不是這麼回事。他說，公司有一個新計畫，要找我談談。計畫尚未成形，他只是想了解一下我的想法：他有意在巴黎設一個辦事處，就地處理業務，直接跟大公司洽談。他問我有沒有意願去。這樣一來，我可以住在巴黎，而且每年還可以有部分時間到各地出差。「你還年輕，我覺得你應該會喜歡這樣的生活。」我說是的，但其實，我也無所謂。他於是問我是否有興趣改變生活，我說，人是不可能改變生活的。反正在哪兒生活都差不多，我對現在的生活也沒有什麼不滿意的。他似乎很不以為然，說我總是答非所問，缺乏野心，這對做生意是致命傷。我又回去辦公。其實我並不想讓他不高興，但也沒理由改變我的生活。我仔細想過：我的生活也沒有什麼不好。學生時代，我也曾有過這類野心，但被迫輟學之後，我很快就了解，這些事完全沒有實質的意義。

晚上，瑪莉來找我，問我願不願意跟她結婚，我說無所謂，如果她想，結婚也行。然後，她又要知道我愛不愛她。我的回答跟以前一樣，這種話沒有意義，而且我顯然是不愛她的。「那你為什麼要娶我？」她問道，我說，這種事不重要，如果她想結婚，我們就結。反正是她主動提出的，我只是同意而已。她於是指出，婚姻是樁嚴肅的事。我說：「不是。」她沉默了一會兒，靜靜地看著我。後來又說，她只是想知道，如果另外一個女人，跟我同樣親近，也提出這樣的要求，我是否也會答應，我說：「那當然。」她開始自問是不是愛我。對這一點，我愛莫能助。她又沉默了一會兒，喃喃地說，我真是個怪人，或許就是因此她才愛我的，但可能有一天，她會因為同樣的理由而討厭我。我沒有表示意見。她見我不作聲，就笑著拉起我的手臂，而且揚言要嫁給我。我說，她什麼時候想嫁，我們就去辦婚事。我於是提到老闆給我的建議。瑪莉說，她很想認識巴黎，我告訴她，我曾在巴黎待過一段時間，她問我觀感如何，我說：「髒得很，好多鴿子和不見天日的中庭。還有，巴黎人皮膚很白。」

隨後我們出門散步。順著大街，穿越了整個城市。我發現街上的女子都很漂亮，就問瑪莉有沒有注意到，她同意，還說她明白我的意思。之後，好一陣子沒再說話。我希望她留下陪我，就提議到賽來斯特那兒晚餐，她說她也很願意，但是她有別的事。這時已經快走到我家了，只能跟她道別。她看著我問：「你不想知道我有什麼事嗎？」我想知道，但是沒想到要問她。這似乎讓她不高興，但看到我侷促不安的樣子，她笑了，同時把整個人靠過來，吻我。

晚上在賽來斯特那兒晚餐。才剛開始吃，就看見一個模樣奇怪、個頭很小的女人，問我能不能跟我同桌，這當然無法拒絕。她動作一板一眼，胖嘟嘟的蘋果臉上，眼睛很亮。先脫下短外套，一入座就開始急切地研究菜單。她把賽來斯特叫來，用很精準、快速的聲音，點了她要的菜。在等前菜的時候，她打開皮包，拿出一張方形小紙條和一支鉛筆，先把帳單結算好，再從背心的小口袋裡取出小費和飯錢，加在一起，放在面前。這時，前菜上了，她三兩下就快速解決。在等下一道菜的時候，她又從皮包裡拿出一支藍色鉛筆和一本廣播節目周刊，非常仔細地勾下幾乎所有的節目。那本雜誌有十來頁，她用餐時間就一直在仔細勾節目。我已經吃完了，她還在認真地埋頭工作。吃完，就起身，以同樣機器人般的精準動作，穿起她的短外套。我反正閒著沒事，就走出餐廳，跟在她後面走了一陣子。她靠著人行道的邊緣，以一種驚人的快速、精確的步伐往前走，不拐彎也不回頭，終於消失在我的視線中。我這才順著原路往回走，覺得這真是個怪人，但隨即也就把她忘了。

走到家門口，看到老薩拉曼諾，我讓他進屋。他這才告訴我，他的狗真的不見了。收留所裡沒有，那裡的工作人員說，牠有可能被壓死了。他又問他們，到警察局能不能打聽出牠的下落，人家告訴他，這種事天天發生，沒人會留記錄。我跟老薩拉曼諾說，他可以再養一隻狗。但他說得對，他已經習慣了這一隻。

我蹲在床上，老薩拉曼諾就坐在桌前的一張椅子上。他面對著我，兩隻手放在膝蓋上，頭上還戴著他那頂老氈帽。在發黃的唇髭下，嘴裡咕噥著沒頭沒腦的句子，實在有點煩人。但我反正閒著沒事，也並不想睡，為了找話說，就跟他談他的狗。他告訴我，是老婆死了之後才養的。他結婚得晚，年輕的時候曾想入戲劇這一行，當兵時曾加入藝工隊，但後來進了鐵路局工作，也不後悔，因為現在他有一份為數不多的養老金。他跟老婆處得並不好，但大致說來，也習慣了。老婆過世之後，他覺得很孤單，所以才向局裡的同事要了一隻狗。他領來的時候，牠還很小，要用奶嘴餵牠，但狗的壽命短，他們就一起老去。「牠的性情很壞，」老薩拉曼諾說，「時不時會大鬧一場，但終究是條好狗。」我說這狗是好品種，薩拉曼諾似乎很高興，「而且，」他接著說，「你還沒看過牠生病前的樣子，牠的毛可漂亮著呢。」自從牠得了皮膚病，每天早晚，老薩拉曼諾都替牠敷藥膏，但他說，牠真正的病，是老了，而衰老是沒辦法治的。

就在這時，我打了個哈欠。老頭說他要走了。我說，他還可以待一會兒，而且對他老狗的遭遇表示同情。他向我道謝，還說，我媽很喜歡他的狗。提到她的時候，他總是說「你可憐的媽」。他認定我對母親的過世很難過，我沒作聲。他於是對我說（語氣急促而且有點不自在的樣子），他知道街坊鄰居對我的觀感不好，因為我把媽媽送入養老院，但他了解我，他知道我很愛媽媽。我說，我一直沒搞懂，到現在也還不知道街坊因為這件事對我有意見，其實，我覺得把母親送到安養院是很自然的事，因為我無力撫養母親。「再說，長久以來，她跟我已經無話可說，她一個人無聊得很。」──是啊，他附和著說，「在安養院，她至少可以交到些朋友。」然後他就告辭，說要回去睡了。但他的生活就此不一樣了，他還不知道要怎麼辦。接著，他怯生生地伸出手，這還是我認識他以來的第一次。我觸到他皮膚上的粗糙的鱗片。他臉上出現一絲笑容，走之前還說：「希望今天晚上沒有狗叫聲，我只要一聽到狗叫，就以為是牠。」

第六章

星期天，我昏睡不醒，要瑪莉叫我、搖我，才把我叫起來。我們連早飯也沒吃，為了早點去海邊戲水。我整個人像被掏空了，還有點頭痛，菸抽進嘴裡也有點苦澀。瑪莉笑我一張「哭喪的臉」。她穿著一件白色麻質洋裝，散披著長髮，我讚她真漂亮，她開心地笑了。

下樓的時候，我們敲了敲雷蒙的門，他回說就下來。到了街上，正是日正當中，我又是疲憊，又一直悶在遮著窗簾的屋子裡，日頭迎面而來，像是一記耳光。瑪莉卻雀躍不已，不住讚嘆天氣真好！我也舒爽些了，開始覺得餓。我跟瑪莉說了，她指了指她的漆布袋子，裡面有我們的游泳衣和浴巾，就等雷蒙出來了。這時就聽到他關門。他穿一條藍色長褲和一件白色短袖襯衫，還戴了頂水手帽，又把瑪莉逗笑了。他手臂黑色的汗毛讓皮膚顯得格外蒼白，我只覺得噁心。他下樓時吹著口哨。十分洋洋自得，跟我招呼：「早啊，老哥。」還對著瑪莉稱呼：「小姐」。

前一天，我跟他一同去了警察局，並作證那個女人是「耍」了他。警局給了他個告誡，這事就算了結，也沒有求證我的說明。在門口，我們和雷蒙商量了一下，決定搭公車去。雖然海灘並不遠，但搭車快些。雷蒙認為他的朋友看到我們早到會很高興的。我們正要出發，雷蒙突然對我做了個手勢，要我往對面看，我這就看到一群阿拉伯人背靠著賣菸店的門面站著。他們就只是默默看著我們，但是那種神態，不多也不少，就是能讓我們感覺他們把我們當塊石頭或是槁木。雷蒙指給我看，左邊第二人就是他說的那個傢伙。雷蒙有些憂心忡忡的樣子。不過，他又說，這件事已經過去了。瑪莉不進入情況，還問是怎麼回事。我告訴她是些跟雷蒙有過節的人。瑪莉要我們立刻出發。雷蒙起身，笑著說是該趕快走。

我們往公車站走去，有點距離。雷蒙說，那批阿拉伯人沒有跟過來，我回頭看，他們還在原地，若無其事地看著我們剛離開的地方。我們上了公車，雷蒙這才完全放下心，不停說些笑話逗瑪莉開心。我可以感覺，他對瑪莉有意思，但是她幾乎不搭理他，只是偶而笑著看他一眼。

我們在阿爾及爾郊區下了車，海灘離車站不遠，但必需要穿過一個面對海的小山頭，再走下山坡到海邊。在刺眼的藍天之下，山頭上佈滿發黃的石頭和雪白的水仙花。瑪莉玩心大起，在花朵上用力甩著她的漆布袋，把花瓣撒落一地。我們就在成排綠、白圍欄相間的小別墅間穿梭。有些別墅陽臺完全被紅柳遮住了，還有些則立在光禿禿的石堆當中。還沒走到高地的邊緣，就可以看到平靜無波的大海和更遠處，一條寬闊的岬角靜躺在清澈的水中。安靜的海天中傳來一陣輕輕的馬達聲。只見老遠處，一艘小小的拖網漁舟在耀眼的海面上靜悄悄地駛過。瑪莉採了幾朵岩石上的鳶尾花。從通向海邊的斜坡上，我們看到已經有些人在海邊戲水。

雷蒙的朋友住在海灘盡頭的一個木板屋裡。小屋靠在岩石上，前面支撐的木樁就泡在水中。雷蒙為我們相互介紹了一番，他的朋友叫馬頌（Masson），塊頭很大，肩寬腰闊。太太卻是小小、圓滾滾的，人很和善，巴黎口音。馬頌要我們別客氣，他準備了些炸魚，是他早上才釣來的。我不住向他讚嘆這屋子真漂亮。他告訴我，他們週末、週日和假期都在這裡度過，還說，「我和老婆氣味相投。」這時，他太太正在和瑪莉有說有笑呢。這瞬間，我第一次真心覺得可以結婚了。

馬頌要去游泳，但他太太和雷蒙不想去。我們三人就走到海邊。瑪莉立刻跳下水，馬頌和我還觀望了一會兒。馬頌說話慢條斯理，而且習慣每說一句話，都要加上「**我甚至還要說**」，雖然也沒說出什麼進一步的道理。談到瑪莉，他說：「她是個正妹，**我甚至還要說**，迷人。」隨後，我沒再留意他這口頭禪，開始全心感受曬太陽的舒暢，腳下的沙子開始發燙。我又拖延了一會兒下水的欲望，最後還是忍不住對馬頌說：「下去吧？」就一躍入水。他則緩緩走入水裡，一直到腳踩不到底了，才投入水中。他游蛙式，而且泳技極差，我只好丟下他，去找瑪莉了。水很涼，我游得很痛快。我跟瑪莉一直游到很遠，兩人動作一致，心情也一般愉悅。

游入大海，我倆開始仰游。我的臉朝著天空，太陽把流到我嘴裡的最後一層水珠也曬乾了。我們看到馬頌已經游回岸上，躺著曬太陽。從遠處看，他身形龐大。瑪莉要我們並排游，我卻游到她後面，好摟著她的腰。於是她用手臂划著前行，我則用腳打水幫著出力。一個上午，輕輕的打水聲就這樣跟著我們，一直到我累了，才放開她。我呼吸順暢，規律地往回游。回到岸上，我在馬頌身邊躺下，肚子貼地，把臉往沙子裡埋。我跟他說：「真舒服。」他也同意。不久，瑪莉來了，我翻過身來，好看著她走過來。她渾身沾了鹹海水的沙粒，頭髮捲在後面，過來在我身邊並排躺下。她的身體和太陽的雙重熱力，讓我有點昏昏欲睡了。

瑪莉推了推我，說馬頌已經回去，該吃中飯了。我馬上站起身，因為我也餓了。但瑪莉說，從早上到現在，我都還沒親過她呢。的確，而且我很想親她。「到水裡來，」她對我說，我們於是跑向海邊，平躺在淺淺的波浪上，我們划了幾下。她貼著我，我能感覺她的兩條腿繞在我的腿上，撩起了我的慾望。

我們回到岸上，馬頌已經在叫我們了。我喊肚子餓，他馬上對太太說，他喜歡我這種個性。麵包可口，我把我那份魚也狼吞虎嚥地吃了。之後，還有肉和炸薯條。大夥悶頭吃，顧不得說話。馬頌不時喝口酒，也不停為我斟酒。到了上咖啡的時候，我已經腦袋發脹，又抽了很多菸。馬頌、雷蒙和我商量著八月要一塊在海邊度假，費用均攤。瑪莉突然說：「你們知道現在幾點嗎？才十一點半。」我們都很驚訝，但馬頌說，我們的確吃得早，但這也很正常，反正什麼時候肚子餓了，就該吃午餐。我不知道為什麼這話又逗得瑪莉笑，我看她是喝多了。馬頌問我要不要跟他到海邊散步。「我老婆飯後習慣睡午覺，我不喜歡，飯後我需要走走。我一直跟她說，這樣比較健康。不過，她有午睡的權利。」瑪莉說，她留下來幫忙洗碗。那位嬌小的巴黎女士說，要洗碗，得先把男人趕出去，於是我們三人就下樓了。

太陽幾乎是垂直射向沙灘，照在海水上簡直耀眼得讓人無法逼視。沙灘上空無一人。沿著高地，伸向大海的那排木屋中，傳來杯盤交錯的聲音。石頭的熱氣從地面直往上冒，讓人透不過氣來。一開始，雷蒙和馬頌談的都是我不認識的人和事，我這才知道他們是老朋友，而且有一段時期還曾經住在一起。我們一直往水邊走，然後就沿著大海，不時會有一波長浪，把我們的帆布鞋都打溼了。我腦中空盪盪，因為沒戴帽，太陽直射在頭上，我已經在半睡眠狀態了。

這時，雷蒙對馬頌說了幾句話，我沒聽清楚。就在同時，我注意到沙灘盡頭，離我們很遠之處，兩名穿著藍色工服的阿拉伯人，正朝我們走來。我看了雷蒙一眼，他對我說：「就是他。」我們繼續走。馬頌奇怪他們怎會一直尾隨我們到這兒。我想是因為他們看到我們帶了海水浴的袋子去搭公車，但是我什麼都沒說。

阿拉伯人走得很慢，但已經離我們近得多了。我們維持原來的步伐。雷蒙說：「要是打起來，我對付那傢伙，馬頌，你負責第二個。莫禾梭，你呢，要是再出現一個，就交給你了。」我應聲說是。然後馬頌把兩手放進口袋裡。這時，腳下發燙的沙子好像都變成紅色了。我們步伐一致地朝著阿拉伯人走去，與他們之間的距離隨之縮小。等到彼此間只隔幾步的時候，阿拉伯人停了下來，馬頌和我也放慢腳步。雷蒙直直往他的對手走去。我沒聽清楚他跟那人說了什麼，只見那人作勢要打他的頭，雷蒙便先動手了，並立即召喚馬頌，馬頌朝雷蒙指派的那人走去，而且使足了勁打了他兩拳。那阿拉伯人被打趴到水裡，臉朝水面，就這樣幾秒鐘沒動。之後，他的腦袋四周開始冒泡。就在同時，雷蒙也出手了，把另一個打得滿臉是血。雷蒙回過頭來對我說：「你看我怎麼收拾他。」我向他大喊：「小心，他有刀子！」說時遲，那時快，雷蒙的手臂已經淌血，嘴唇也掛彩了。

馬頌向前跳了一步，但另一個阿拉伯人已經站起來，而且站在那位手握武器的人身後。我們不敢動。他們邊盯著我們，邊慢慢往後退，而且亮出刀子，讓我們不敢造次。等他們估計有足夠的空間，就火速逃離。我們被太陽釘在那兒動彈不得，雷蒙則緊按住他血流不止的手臂。

馬頌立刻說，有一位醫生每週日都在山頭上度假。雷蒙想馬上就過去，但每當他開口說話，傷口的血就從他嘴裡冒出泡泡。我們扶著他，盡快回到木屋中。雷蒙說他只是受了皮肉之傷，走過去看醫生沒問題。馬頌跟他一起去，我留下來負責向女士說明始末。馬頌太太哭了，瑪莉也面色蒼白，要我說明實在為難。最後我什麼也沒說，只是望著大海，猛吸菸。

約一點半時，雷蒙和馬頌回來了。他手臂纏著繃帶，嘴角貼了橡皮膏。醫生跟他說無大礙。但雷蒙臉色陰沉，馬頌想逗他說笑，但他始終不發一言。後來他說要到海灘去。我問他要去哪兒，他回說要出去透透氣。馬頌和我都要陪他，不料，他勃然大怒，把我們臭罵一頓。馬頌說不要去惹他。但是我，我還是跟著他去了。

我們在海灘上走了很久。烈日讓人透不過氣。陽光在沙子和海面上碎裂片片。我原以為雷蒙知道要去哪兒，顯然不是這麼回事。我們一直走到海灘盡頭，在一塊巨石後面有一股泉水在沙中潺潺而流。到了那兒，我們又看到那兩個阿拉伯人。他們躺著，身上穿的是油膩膩的藍工作服，看起來神色自若，甚至有幾分自得，也不因為我們的到來而改變。打了雷蒙的那人望著雷蒙沒說話，另一個在吹蘆葦，而且不停地重複三個音符，一邊用眼角打量著我們。

在這段時間，只有烈陽與一片寂靜，配著泉水的潺潺聲和蘆葦吹出的三個音符。雷蒙把手插入放手槍的口袋裡，另一個人沒有動靜，但一直互相觀望著。我注意到那個吹笛人的腳趾頭長成扇形。雷蒙的眼睛一直盯著他的對手，一邊問我：「我把他幹了？」我心想若是我反對，他可能愈發焦躁，保不準會開槍，就只對他說：「他還沒出聲呢，現在就開槍，太不上道。」於是繼續在炎炎烈日和一片靜默下，聽著水流聲和笛聲。雷蒙隨即說：「那我就來罵他，他一回嘴，我就開槍。」我說：「對，但是如果他沒拿出刀子，你就不能開槍。」雷蒙開始躁動起來，另一位還在吹笛，兩個人都觀察著雷蒙的每一個動作。我對雷蒙說：「不行，你應該空手，一個一個對幹，把你的槍給我。如果另一個人加入或是拿出刀子，我就開槍。」

雷蒙把槍給了我，太陽照在上面閃閃發光。我們一直都沒動。周圍的一切好像都凝住了。我們眼也不眨地彼此對望。在大海、沙石和太陽之間，一切就此停頓，連笛子和泉水聲也停了。我這時還在想，開槍不開槍的問題。但突然間，那兩個阿拉伯人開始往後退，滾到岩石後面去了。雷蒙和我也就往回走。他看起來輕鬆許多，還談到回家的公車。

我陪他一直走到木板屋，在他爬木階時，我待在第一個臺階前，就停下來了。腦袋還在太陽下嗡嗡作響。我實在提不起勁爬階梯，回去還要面對那些女人。但是在劈頭而下的刺目日頭下，又熱得難以承受，站著不動還是走開，都不是辦法。過了一會兒，我才轉身，開始往沙灘方向走去。

依舊是一片耀眼的紅光。沙灘上，大海吞吐著層層細碎的波浪，彷彿急促又壓抑的喘息。我慢慢地走向岩石，額頭在烈陽下發脹。這撲天的熱量抵著我，讓我難以前行。每當我感覺那股龐大的熱氣迎面而來，就只能咬緊牙關，褲口袋裡的雙手也緊握起來。我得挺身用全部的力量去對抗太陽和它向我襲來的一種渾沌的醉意。每一道從沙石、曬白的蚌殼或玻璃碎片中射出的陽光都銳利如箭，讓我的下顎緊繃僵硬。就這樣，我走了很久。

老遠，我看到一堆暗色的岩石，四周因海上的陽光和塵埃形成一圈不可逼視的耀眼光暈。我於是想到岩石後面那清涼的泉水。我渴望找到那潺潺水聲，渴望躲開太陽、費力的抵抗和女人的哭聲。總之，我渴望找個陰涼處休憩，但等我走近，才看到雷蒙的那個對頭又回來了。

他一個人，仰面躺著，脖子枕在雙手上，只有面孔遮在岩石的陰影裡，整個身子都晾在陽光下，他的工作服曬得直冒氣。我有點吃驚，原以為這樁事已經過去，我想都沒想就走到這兒來了。

他一看到我，就把身子微微挺起，手放到口袋裡，我也直覺地握緊上衣口袋裡雷蒙的手槍。隨後，他又躺回去，但手並沒有從口袋裡抽出來。我離他還遠，大概有十來米。有些瞬間，我似乎可以從他半瞇的眼睛中感覺到他的目光，但更多時候，他的影像在我眼前著火的空氣中舞動。海浪的聲音比中午時更慵懶、更平緩。同樣的烈陽、同樣的強光，照在同樣一片沙灘，一直延伸到此。兩個鐘頭過去了，日頭好像沒有動過，兩個鐘頭過去，它像在這片如沸騰金屬般的海洋上定了錨。地平線上，有一艘小汽船滑過，是我從眼角瞄到的一抹黑影猜到的。我的眼睛沒有離開過那阿拉伯人。

我心想，只要我轉身往回走，這事就結束了。但是整片燃燒著太陽的海灘在後面使勁推著我，於是我又朝泉水走了幾步。那阿拉伯人沒動。無論如何，他離我還很遠。或許因為他臉上的陰影，讓他看起來像在笑。過了一會兒，滾燙的太陽已經燒向我的兩頰，我可以感覺到一滴滴汗水聚集在眉毛上。這太陽跟媽媽下葬那天一樣，也像那天一樣，最難受的是我的額頭，所有血管都在皮膚下跳動。這無法承受的灼熱，讓我又往前邁了一步。我知道這很愚蠢，往前邁一步也甩不開太陽，但我還是向前走了一步。只走了一步。這一次，阿拉伯人沒有起身，但是他抽出刀子，在陽光下向我亮了出來。陽光從鋼刃上噴射而出，如同一把亮晃晃的長刀向我的額頭刺來，同時積在我眉毛上的汗水突然淌下來，在眼皮上覆蓋了一層溫熱厚重的簾幕。我的眼睛被這層鹹鹹的淚水矇住了。只覺得太陽的鐃鈸敲打著我的額頭，依稀中，從刀口噴出的那刺眼利刃還一直在我眼前晃動。那把燃燒的劍咬噬我的睫毛，在我灼痛的雙眼中翻攪。就在這瞬間，天旋地轉。大海吐出一股滾燙黏膩的風。一時間，似乎整個天空都崩裂了，向大地傾瀉著火雨。我整個人緊繃，手指僵硬地在槍上一收縮，扳機動了，我摸到槍托光滑的肚子。就這樣，在這一個迅猛、震耳欲聾的聲響中，一切發生了。我搖頭甩掉汗水和陽光。這才意識到，我毀掉了這日的安寧，這海灘難得的清靜，我曾如此享受的清靜，就此結束。於是，我又對著那躺著不動的軀體連開了四槍，子彈打入身體，看不出痕跡。這槍聲，就像四響短促的叩門聲，敲開了厄運之門。

第二部

第一章

我被捕之後，法院立刻對我進行了數次問訊，不過就是驗名正身之類，很簡短。第一次在警局，我的案件似乎沒人感興趣。八天後，預審法官卻以非常好奇的眼光打量我。一開始，他只是問我的姓名、地址、職業、出生年月和地點，之後，他想知道我是否已經找了律師，我說沒有，還問他，是否一定要找位律師。他奇怪我有此一問，我說，我覺得案情很單純。他笑了，說：「這是您的想法，但法律有規定，如果您自己不找，我們會指派一個。」我覺得司法能照顧到這些細節，真是周到。我把這想法跟他說了，他也同意，還做了個結論：法律制定得很完善。

剛開始，我還沒把這人當回事。他把我召進一間窗簾密閉的房間。辦公桌上只有一盞燈，照亮一張座椅。他要我坐下，他自己則在暗處。我曾在書中讀過類似的描述，這一切都像是一場戲。開始談話之後，我仔細端詳這個人，他五官細緻，凹陷的眼窩裡有一雙藍眼睛。個子很高，留著一綹很長的灰白小鬍子，頭髮很多，幾乎全白，雖然不時有些緊張翹嘴的習慣動作，但看來通情達理。總之，是個讓人有好感的人。離開時，我甚至向他伸出手，還好，我及時記起，我是個殺人犯。

第二天，一位律師到監獄看我，他個頭小，胖胖的，相當年輕，頭髮梳得很服貼。雖然天氣酷熱（我捲起了襯衫的袖子），他卻穿著一套深色西裝，裡面是折疊的硬領，打著一條黑白大條紋的奇怪領帶。他把腋下夾著的一個公事包放在我床上，自我介紹了一番，並且說已經研究過我的案子，雖然案情有棘手之處，但只要我信任他，他有把握打贏官司。我向他道謝，接著他就說：「我們就切入正題吧。」

他坐在我的床上，告訴我檢方已經對我的私生活掌握了一些資料，他們知道我母親最近在養老院中過世，於是去馬安溝進行了調查。預審法官發現我母親下葬的那天，我表現出一副「無動於衷」的樣子。「您知道，」他接著說，「問您這些話讓我有些尷尬，但這件事很重要。如果我無法辯駁這個質問，就會成為指控方有利的論證。」他要我幫他的忙，問我那天是否傷心。這個問題讓我很訝異，如果要我向別人提出這樣的問題，我會說不出口，但我還是回應了。我說，我已經沒有習慣自我檢討，所以很難回答他的問題。毫無疑問，我很愛媽媽，但這也說明不了什麼問題。所有正常人都曾或多或少希望所愛的人死去。說到這裡，律師打斷我，非常惱怒的樣子。他要我答應，絕不在法庭上說這種話，對預審法官也不能說。但是，我向他解釋，我有一種天性：身體的狀態往往會干擾我的情緒。母親下葬的那天，我非常疲倦，很想睡，以致我沒有清楚意識到發生了什麼事，但是我可以很確定的是，我希望媽媽沒有死。我的律師還是很不高興，對我說：「這樣不夠！」

他想了一會兒，問我能不能說，那天我是很好地掌握了自己的情緒。我說：「不行，因為這不是實情。」他以非常怪異的眼光看著我，好像我的話讓他作嘔。他幾乎是帶著惡意地對我說，不管怎麼樣，養老院的院長和員工都會在庭上作證，「這會讓我非常狼狽。」我指出，這些事與我的案子無關。他只回說：很顯然，我從沒跟司法打過交道。

他氣呼呼地走了。我很想把他拉住，向他解釋，我希望贏得他的好感，不是為了要他更賣力地為我辯護，而是我覺得，這是再自然不過的事，尤其我發現，我讓他難堪，他誤會才生我的氣。我原本想告訴他，我跟所有人一樣，絕對跟所有人一樣。但話說回來，這也於事無補，我也就懶得說了。

不久之後，我又被帶到預審法官前面。當時是下午兩點鐘。這一回，他的辦公室雖然掛著薄紗窗簾，仍然很明亮。天氣非常熱。他請我坐下，而且很客氣地告訴我，我的律師因為「另有要事」不能來，但我有權不回答他的問題，等律師來了再說。我說，我自己可以回答。他按了桌上的一個按鈕，一位年輕的書記官進來，幾乎就在我的背後坐了下來。

我倆都端坐在椅子裡，審訊開始了。他首先告訴我，我被描述為寡言、自閉，問我有何感想。我說：「我從來沒有什麼話可說，所以就閉嘴。」就像第一天一樣，他笑了，認為這是最好的理由，又說：「其實，這也不重要。」他不說話，只是看著我，然後突然站起身來，很急促地對我說：「我感興趣的，是您！」我不太懂這話的意思，就沒回應。他又說：「您的舉止裡有些我不明白的東西，我相信您一定可以幫助我了解一下。」我說，事情其實很簡單。他催促我把那一天的事再說一遍，我就把已經說過的事又說了一次：雷蒙、海灘、海水浴、打鬥，之後又是海灘、泉水、太陽和五聲槍響。我每說一句，他就應一聲：「是，是。」當我說到倒地不動的身體時，他很贊同地說：「對。」一再重複同樣的話，把我弄得精疲力盡。我感覺，這輩子都沒說過那麼多話。

靜默了一陣子，他又站起來，對我說，他想幫我的忙，他對我有興趣，如果上帝幫忙，他或許可以為我做點什麼，但他還是有些問題要先了解。他直截了當地問我，愛不愛我母親，我說：「愛，跟所有人一樣。」一直在規律打字的書記官像是敲錯了鍵盤，因為他遲疑了，不得不回頭重打。法官忽然又沒頭沒腦地問我，那五發子彈是不是連續打的。我想了一下，明確地說，我是先開了一槍，過了幾秒之後，又開了四槍。他就問：「在第一槍和第二槍之間，為什麼停頓？」我腦際又出現那火紅的海灘，額頭上又感到那灼熱的陽光。但這次，我沒有回答。在之後的靜默之中，法官似乎焦躁不安，他坐了下來，亂搔頭髮，雙肘支在辦公桌上，身體朝我傾過來，用一種古怪的神情問道：「為什麼、為什麼您要向一個已經躺在地上的人開槍？」這個問題，我也沒法回答。他雙手擦了擦前額，用激動得變了調的聲音，重複他的質問：「為什麼？您一定要告訴我，為什麼？」我仍然沒說話。

猛然間，他站了起來，大步走到辦公室的盡頭，打開檔案櫃中一個抽屜，拿出一個銀質十字架，一邊搖晃著十字架，一邊向我走過來。他的聲音完全變了，幾乎是顫抖地吼道：「這一位，您認識他嗎？」我說：「認識，當然認識。」然後他急促而且充滿激情地說：他是信仰上帝的人，他深信，沒有任何人的罪是上帝不能饒恕的，但要獲得饒恕，人必須先悔過，回復到嬰兒狀態，把心靈淨空，好接納一切。他整個身體都傾俯在桌子上，幾乎就在我的頭頂，一直搖晃著十字架。說實在話，我聽不懂他的推理邏輯，一則因為太熱，他的辦公室裡有幾隻大蒼蠅停在我臉上，再者，因為他有點讓我害怕。而且，我又覺得這事有點荒謬，因為，說到底，罪犯是我。但他還是說個不停。我大致的了解是，他認為我的供詞裡有一點不甚清楚，就是在開第二槍之前，我停頓了一會兒。其他部分，都沒問題，就是這一點，他不能理解。

我正想告訴他，沒必要在這一點上糾纏，這根本無關緊要。但他打斷我的話，繼續最後的勸導。他昂昂然站在我面前，一邊問我是否相信上帝，我說不相信。他憤怒地坐了下來，對我說，這不可能，每個人都相信上帝，即使那些違逆上帝的人。這是他的信念，如果對這一點有了懷疑，他的人生就沒有了意義。他大聲問道：「您願意我的人生失去意義嗎？」我認為，這不關我的事，也老實對他說了。他隔著桌子，把耶穌湊到我的眼前，發瘋似地對我吼道：「我，我是基督徒，我請求祂赦免你的罪。你怎麼能不相信祂為了你受難？」我發現他原來對我稱「您」，現在說「你」。不過，我也受夠了，況且暑氣愈來愈重，當我想擺脫一個說話我不愛聽的人，我會習慣做出贊同的樣子。出乎我意料的是，他竟然大受鼓舞：「看吧，看吧」，他說：「你還是相信祂的，你還是要向祂懺悔的，對吧？」我再度一口否定，他又跌回椅子裡。

他看來疲憊不堪，好一陣子沒說話，而打字機仍在繼續敲打我們對話的最後幾句。之後，他仔細地打量我，神情憂戚，喃喃說道：「我從沒見過像你這樣冥頑不靈的人。來到我這裡的罪犯面對這耶穌受難的十字架，都會痛哭流涕。」我本想說，因為他們是罪犯，隨之想到，我自己跟他們一樣，也是罪犯，而這一點，我自己不能接受。預審法官這時站了起來，似乎向我宣告，審訊結束了。又用同樣疲憊的神情問我，對我自己的行為是否懊悔，我想了一下，告訴他，與其說懊悔，不如說很厭煩。我覺得他沒聽懂我的話。但這一天，事情就進展至此。

後來，我又見了好幾次預審法官，但每次都有律師陪同。問訊的範圍，主要是就我上次發言內容的某些細節，說得更詳盡些。有時，則是法官和律師討論我的罪證。事實上，這些時候，他們從來不理會我。總之，審訊的調子漸漸變了。法官似乎對我已經毫無興趣，而且對我的案子已經有了定論。他再也沒有跟我提上帝，也沒有再像第一天那樣激動。結果就是，我們的對話變得比較友善，就只是問幾個問題，跟我的律師聊幾句，審訊就結束了。我的案子，用律師自己的說法是，照著程序走。偶而，在談到比較一般性的問題時，他們會問我的想法。我開始呼吸順暢。這期間，大家對我都很友善。

一切都這樣自然、有秩序而且進行得如此嚴謹，竟讓我很可笑地以為我是「大家庭的一份子」了。在這十一個月的預審期結束後，令我驚訝的是，我最感愉快的時刻就是當預審法官把我帶回他辦公室門口，一邊拍著我的肩膀，一邊和顏悅色地說：「反基督先生，今天的功課就到此為止。」然後就把我交給了法警。

第二章

有些事我從來不樂意談。在我進了監獄幾天之後，就知道，我人生的這一段日子是我最想避而不談的。

後來，我發現這種反感也沒必要。其實，頭幾天，我並沒有真正入獄：我還模模糊糊地期待有什麼新事發生。是在瑪莉第一次，也是唯一一次，來看我的時候，我才真正感覺坐牢了。從我接到她的信（在信中，她告訴我，因為我們不是夫妻關係，獄方不准她再來看我了）。從那天起，我才真正了解，這牢房就是我的家，我的人生就此停頓了。我被補的那天，他們把我關進的那間牢房，裡面還有幾個其他犯人，大多是阿拉伯人，看我進來，他們對我微笑，隨即就問我幹了什麼。我說，我殺了一個阿拉伯人，他們就都不說話了。沒多久，天黑了。他們教我如何鋪睡覺用的蓆子：把蓆子的一頭捲起來就成了一個長枕頭。一整晚，都有臭蟲在我臉上爬。幾天之後，我被關入一個與他人隔絕的牢房，睡在一塊隔板上。裡面有一只大小便用的小木桶和一個鐵盒。監獄建在城市最高的地方。從一個小窗戶，我可以看到海。那天我正緊抓著窗戶的鐵欄杆，把臉攤在陽光下，一名獄吏進來告訴我有訪客，我猜是瑪莉，果然是她。

我跟著來人去會客處。沿著一個長廊，上了臺階再穿過另一個走道，這才進入一個開著大窗、很明亮的大廳。兩個大鐵欄柵橫向將大廳分隔成三部分，在兩個鐵欄杆之間有一段八到十米長的空間，將訪客和犯人隔離開來。我看到對面的瑪莉，仍穿著她的條紋洋裝，面龐曬得黑亮。我這一邊，大約有十來個犯人，大部分是阿拉伯人。瑪莉四周都是摩爾人，她夾在兩個女訪客之間：一個是位老太太，嘴唇抿得緊緊的，一身黑衣，另一位是個紮馬尾的胖女人，講話聲音很大，手勢很多。因為訪客和犯人之間距離很遠，不得不大聲講話。我走進會客室時，講話的聲音在大廳空盪的牆面迴響，白日的陽光從玻璃窗中流洩而下，再從室內反射出來，讓我一陣暈眩。我的牢房比較安靜、陰暗，我需要幾秒才能適應。後來，我在大白天的光線下，看清了每一張臉。我注意到有一個警衛坐在兩個鐵欄柵間的廊道盡頭。大部分阿拉伯囚犯和家人都是面對面蹲著。他們沒有大吼，雖然周遭嘈雜，他們還是能小聲交談。低處的瘖啞細語與頭頂上的交談聲交錯，像是一種低音的唱和。我在走向瑪莉時，很快地觀察到這一切。她已經緊貼著欄柵，努力地對我展露笑容。我覺得她很美，但是不曉得如何告訴她。

「你怎麼樣？」她大聲問──「不就這樣。」──「你還好嗎？不缺什麼吧？」──「不缺，都有。」

然後，兩人相對無言。瑪莉一直保持微笑。那胖女人對著我旁邊的人大喊，應該是她丈夫，一個高大、眼光坦率的金髮男子。他們顯然是接續已經談了一陣子的話題。

「強妮不肯要他，」她拚命地叫喊。「嗯、嗯。」男人應道。「我跟她說，你出來的時候，可以去接他，但是她不要他。」

瑪莉這邊也在大聲說，雷蒙要她代為問好。我說：「謝謝。」但我的聲音被旁邊人的話蓋過了。那人在問：「他好不好」，他太太笑著說：「他從來沒有這麼好過。」我左邊的人，一個手長得很細緻的年輕人，一直沒說話。我注意到他對面坐的是那位小個兒的老太太，兩個人只是深深對望。我沒有時間多觀察他們，因為瑪莉這時大聲叫我保持希望，我說：「好。」同時我一直看著她，想隔著她的洋裝，摟緊她的肩膀，我好想撫摸那細緻的布料，我想不出除此之外還有什麼可以指望的。這應該也是瑪莉想說的，因為她一直笑著。我只看到她牙齒的光潔和笑起來細細的眼紋。她又大聲說：「等你出來，我們就結婚。」我說：「是嗎？」但這不過是為了找話說罷了，接著她急促而且一直很大聲地說，是的，我一定會被無罪釋放，然後我們又可以去游泳了。這時，另一個女人也在大吼，說她在法院的書記室裡留了一個餐盒，還一一細數她在裡面放了些什麼，她要他檢查一下，因為都是很貴的東西。我另一位鄰居還是一直跟她的母親遙遙相望，阿拉伯人的細語聲仍在我們下面嗡嗡作響。屋外，太陽似乎在窗口上愈來愈膨脹起來。

我覺得有點不舒服，很想回去了，噪音讓我很難受。但另一方面，我又想和瑪莉多待一會兒。就這樣，不知過了多久，瑪莉一直在談她的工作，而且保持笑容。嗡嗡聲、吼叫聲、對話聲混成一片，唯一的安靜角落，就是我旁邊那位年輕人和那位老太太，兩人一直默默相望。獄吏逐批把阿拉伯人帶走。從第一個人被帶走，大家就不出聲了。那位小老太太往欄杆更靠近些，就在這時，一個獄吏向她的兒子做了個手勢，兒子說：「再見了，媽媽。」她把手從欄杆中伸出，做了一個緩慢、不捨的告別手勢。

她走了，同時另一位男士，手裡拿著帽子，走到她的位子。獄吏又帶出一名囚犯。他們交談熱烈，但聲音不大，因為這時整個房間都安靜下來了。有人又把我右邊的人帶走了。他太太還是很大聲地講話，好像並沒有發現已經沒有大吼的必要：「好好照顧自己，小心點。」然後就輪到我了。瑪莉給我一個飛吻。走之前，我又回過頭看她。她一動也不動，臉龐壓在鐵欄杆上，帶著一貫勉強、僵硬的笑容。

不久之後，她給我寫了那封信。就是從這個時候，一些我始終不願談的事情開始了。不過，也無需言過其實，因為對我來說比其他人容易些。我被關的頭幾天，最讓我難受的，是我還把自己當自由人。比如，我會很想到沙灘，躺在海面上：耳邊還聽到浪頭沖擊到我腳下的聲音，想像我鑽入水裡的那種舒暢感，這就讓我益發覺得牢房四壁的狹窄。這種情況持續了幾個月，之後，我就只有囚犯的念頭了。我等待每日到天井放風的時間和律師的來訪。其他時間，我也安排得很好。我常常想，要是我被栽在一棵枯木的樹幹裡過日子，唯一的工作就是仰望頭頂天空的花朵，我也會慢慢習慣的。我可以等待群鳥飛過或雲朵相遇，就像我在這裡等待那位律師又繫了什麼奇怪的領帶，就像，在另一個世界裡，我曾耐心地等待週六的到來，好緊緊把瑪莉摟在懷裡。不過，仔細一想，我並不是栽在一棵枯木裡，還有比我更不幸的人，這其實是媽媽的想法，她經常反覆地說，不管什麼事，都會慢慢習慣的。

其實，我平常並不想那麼多。起初的幾個月最是痛苦，但咬咬牙，也就過去了。比如，我對女人的慾望讓我很煎熬。這很正常，我是個年輕人。我並沒有特別想瑪莉，我想的是一個女人、很多女人，所有我曾認識的女人，所有我曾愛過她們的場景，想念得讓我的牢房裡充滿了她們的面龐，也充斥了我的慾望。這讓我心理不平衡，但從另一方面說，可以幫我打發時間。長期下來，我贏得典獄長的好感。他通常是在午餐時刻伴隨送餐的小夥子來的，是他先跟我談女人的。他說，這是其他犯人抱怨最多的事。我告訴他，我跟他們一樣，而且我覺得這種待遇很不公平。「但是，」他說，「就是因為這個緣故，你才被關進牢裡的。」——「怎麼，是為這個？」——「正是，就是自由，你的自由被剝奪。」我從來沒想到這一點，卻不得不同意他的看法：「沒錯，否則怎麼懲罰呢？」──「是啊。你是明白事理的，其他人就不懂。不過，他們最後會自己解決的。」說完，典獄長就走了。

香菸也是個問題。我一入牢，獄方就沒收了我的皮帶、鞋帶、領帶和口袋裡所有的東西，尤其是香菸。進去之後，我要求歸還，但獄方說，這些都是違禁品。開頭幾天特別難熬，我徹底被打趴了，痛苦得從床板上扳下些木塊，放在嘴裡嚼，噁心的感覺終日揮之不去。我不懂為什麼要剝奪這件於旁人無害的東西。後來，我懂了，這也是懲罰的一種。但那時候，我已經習慣不抽菸，這對我也就不構成懲罰了。

除了這些麻煩，日子也不算太難過。其實，主要問題還是在於殺時間。一旦我開始懂得回憶過往，就一點也不覺得無聊了。有時我努力回想我的房間，於是想像，從房間的一頭，來回走一趟，在心裡默想所經之處有哪些東西。開始的時候，很快就想完了，但每一次重新做，想的時間就更長了。因為我記得每一件家具，也記得每一件家具中放些什麼。每一件東西的所有細節，包括鑲嵌裝飾、裂痕或缺口，它們的顏色和紋理。我努力不讓這份清單斷線，要為它們做一個完整的編號。幾個星期之後，我可以花上幾個小時，來數我房間裡存放的東西。就這樣，我越努力回想，就越能想出更多原先不知道和已經遺忘的東西。這下我才明白，一個人哪怕在世上只活了一天，也可以毫無困難地在監獄裡待上一百年。他會有足夠的回憶使獄中的日子不無聊。這麼說來，這倒是個好處。

還有睡眠問題。開始的時候，我晚上睡不好，白天也完全不能睡。漸漸地，夜晚睡得好些了，白天也能睡，甚至到最後幾個月，我每天可以睡十六到十八小時，只剩下六個小時需要打發，包括三餐、如廁、回憶和那則捷克人的故事。

在我的床板和草褥之間，我發現一張舊報紙，幾乎是貼在褥墊上的，顏色泛黃而且磨得透明了。上面刊載了一則社會新聞。文章的開頭缺了，但故事應該是發生在捷克：一個捷克人離鄉背井去外地發展，二十五年後，他帶著太太和一個孩子衣錦還鄉。他的母親跟他的姊姊在家鄉開了一家小旅館。為了給母親和姊姊一個驚喜，他把太太和孩子先安置在另一家旅舍，自己一人來到他母親的旅館。母親沒認出他來，把他請入。出於玩笑心理，他要了一個房間，而且故意露出錢財。當天夜晚，他母親和姊姊為了謀他的財，就用鎯頭把他宰了，然後把屍體扔到河裡。第二天早上，不知情的太太來了，表明那位房客的身分。那位母親悔恨上吊，姊姊也投井自殺[3]。我把這則故事讀了幾乎上千遍。一方面，這故事簡直難以置信，但另一方面，也合情合理。無論如何，我覺得那位旅人也是咎由自取。有些事情，是開不得玩笑的。

就這樣，睡眠、回憶、讀社會新聞，在日與夜的交替中，時間也就過去了。我曾聽說，人在監獄裡很快會失去時間概念，但對我來說，這沒有什麼道理。我只是不能了解日子竟然可以同時很長，也可以很短。一天天的度過，覺得很長，但又是如此鬆散，以致這日和那日的界限也分不清了。它們失去了自己的名稱。只有「昨天」或「明天」對我還有意義。

有一天，守衛告訴我，我已經入獄五個月了。我相信他的話，但並沒有了解這話的意義。對我來說，只是同樣的日子不斷在我的牢房裡接連湧現，做的也是同樣的事情。這一天，守衛走了之後，我對著鐵飯盒，端詳我自己。即使我對著它笑，鏡中的影像看起來還是很嚴肅。我把碗拿起來在面前搖晃了一陣子，再對著它笑，但看到的影像仍是嚴肅悒鬱的。白日將盡，這種時刻我不想說話。這是個沒有名分的時刻。四周一片靜寂，夜晚的嘈雜聲從獄中的每層樓中升起。我走到天窗底下，藉著最後一道日光，再度凝視鏡中的影像，它還是凝重的，其實此刻的我，本就是凝重的，這有什麼好奇怪？但幾個月來，我第一次清楚聽見我自己說話的聲音，我聽出來那聲音已經在我耳邊迴盪了很久，這才發現，長久以來，我都在自言自語。我於是想

3 卡繆以此故事寫成劇本《誤會》，於一九四四年首演。

起母親下葬日，那位護士長說的話：左右為難，沒有出路。沒有人能想像監獄裡的夜晚是什麼樣的。

第三章

感覺上一轉眼間就從去年夏天到了今年夏天。我知道，天氣一熱起來，我的案子就會有新的變化。因為我的案子安排在刑事法庭最後一次開庭，而最後一次庭訊會在六月結束。法庭辯論已經開始了，外面是豔陽高照。我的律師向我保證，審訊兩、三天就會結束。「其實，」他又說，「開庭時間很急迫，因為你的案子不是這次開庭最重要的案件，緊接著還有一件弒父案呢。」

早上七點半，就有人來把我押上囚車送到法院。兩名警察把我關進一個小房間，裡面一股溼潮氣味。我們坐在門邊等待，門後傳來人聲、叫喚聲和搬動椅子的聲音，一片鬧哄哄，讓我想到社區裡節慶的氣氛：在音樂會結束之後，大夥就把大廳的椅子靠邊放，好騰出地方跳舞。警察告訴我，法官們要等一會兒才會到，其中一位還遞了支菸給我，我拒絕了，不一會兒，他又問我「是否會緊張」，我說不會，甚至我還很有興趣見識一下法庭判案。我這輩子還從沒有機會看過。「也是，」另一位說，「但看到後來就會覺得很乏味。」

過了不久，一陣鈴聲在廳內響起，他們把我的手銬取下，把門打開，讓我進入被告席。廳裡擠得爆滿。雖然拉下了簾子，但太陽還是能從縫隙中鑽進來，空氣非常沉悶，窗子也關著。我坐下來，一邊一位警察。就在這個時候，我注意到有一排面孔，全都看著我：原來是陪審員，但我看不出他們之間有什麼區別。我只有一個印象：我像是坐在電車的板凳上，所有那些陌生的乘客都在審視剛上車的人，想看我出糗。我知道這是個愚蠢的想法，因為在這兒，他們要找的不是笑柄，而是罪行。然而，差別不大，反正我腦子裡就是這麼想的。

審判廳裡人這麼多，門窗又都緊閉著，讓我有點昏沉沉的。我又看了看法庭，但一張面孔也不認得。我還沒有意識到，所有這些人都是衝著我來的。平常，一般人對我這個人是沒興趣的，突然引起這麼大的騷動，很是讓我困惑。我跟一位警察說：「人這麼多！」他告訴我是因為上了報紙，還指給我看，在評審團座位下擠了一群人：「就是他們。」我說：「哦？」他又說了一次：「是報紙。」這時他認識的一位記者朝我們走來。這個人已經有點年紀，模樣和善，臉相有點古怪，像是在扮鬼臉。他很熱情地與警察握了握手。我發現，這時候所有人都在互相介紹、打招呼、聊天，就像在一個俱樂部裡，自家人聚在一起，不亦樂乎。我這才明白，為什麼我覺得不自在，因為我不屬於這個圈子，我是個外來的闖入者。然而，那位記者笑著對我說話了，他希望我一切順利，我向他道謝。他又說：「你知道，我們把你的案子稍稍誇張了一點，因為夏天是報紙的淡季，只有你這件案子，還有一件弒父案還有點看頭。」他接著指給我看，在剛離開的那群人中，有一個小矮子，長得像隻肥肥的鼬鼠，帶著一副巨大的黑邊眼鏡。他告訴我，那是一家巴黎報紙的特派記者：「他倒不是專程為你來的。他是負責報導弒父案的審判，報館就要他順便把你的案子也發電回去。」說到這裡，我差點又要向他道謝，但想想這未免太荒謬了。他用手對我做了個友好的手勢，就相互道別了。我們又等了好幾分鐘。

我的律師來了，穿著律師袍，周圍還圍著一群同行。他走過去跟記者們握手，大夥兒有說有笑，十分自在，直到法庭的鈴聲響起，才各就各位。律師也過來跟我握了手，建議我對庭上的問題都簡單作答，不要主動說話，至於其他的事，一概交給他就是了。

在我左首，聽到有人把一張椅子往後挪，這才看到一位高高瘦瘦的男士，穿著紅袍，戴著夾鼻眼鏡，小心翼翼地撩起袍子，坐了下來。這是檢察官。一位庭丁宣布法官入席。這時，兩架龐大的風扇開始嗡嗡地響起來。三位法官：兩人穿黑袍，另一位穿紅袍，都帶著卷宗，快步走向法庭中心的講臺。穿紅袍的那位在中間的椅子坐下，把他的法官高帽放在前面，用手帕擦了擦他那小小的禿腦袋，就宣布開庭。

記者一個個手拿著筆，都是一副漠然還帶點玩世不恭的樣子，其中有一位年輕很多，穿著灰色法蘭絨，打藍色領帶。他放下手中的筆，盯著我看。在他那張不太勻稱的臉上，只看到他的兩隻眼睛，非常清澈。他正在非常仔細地審視我，但沒有任何清楚的表情。這使我有種很奇怪的感覺，好像是被我自己凝視。也許是這個緣故，加上我不太清楚法庭的規矩，所以對於之後的發展，我都沒太搞懂。諸如，陪審員們抽籤、庭長對律師、檢察官和陪審團提出問題（每提一個問題，陪審員的頭就一齊向法官那邊轉過去），把起訴書迅速唸了一遍（我聽出其中的一些地名、人名），之後，庭長又對我的律師提出了一些新的問題。

庭長接著說要開始傳喚證人了。庭丁唸出來的名字引起我的注意。在剛才那面目模糊的一群人中，看見養老院的院長和門房、老托馬．貝艾茲、雷蒙、馬頌、薩拉曼諾和瑪莉。他們一個個陸續站起來，隨即從一個邊門消失。瑪莉對我做了一個憂心的手勢，我奇怪怎麼之前沒有認出他們。這時候喚了最後一個名字，是賽來斯特，他站了起來。我認出他旁邊是曾在餐廳遇到的那位穿短外套、動作果斷的女子。她一個勁地盯著我。但我還沒來得及仔細想，就聽到庭長發言了。他宣布真正的辯論即將開始，而且不需要他特別提醒，旁聽席應保持安靜。他表示，他的任務就是使辯論過程公正，以客觀立場審理這個案子，評審團會以符合正義的精神做出判決。無論如何，旁聽席若發生任何事端，他有權即時清場。

天氣愈來愈熱，我看到大廳裡很多人開始拿報紙當扇子搧，一陣陣紙張揉折的聲音。庭長做了個手勢，庭丁就奉上三把蒲葉扇子，三名法官也立刻搧將起來。

我的案子馬上就開始審訊了。庭長以很平和，甚至帶著一絲友善的語氣訊問我，再次要我自報身分，雖然我覺得麻煩，但想想這也屬正常，若是審錯了人，後果就嚴重了。隨後庭長又把我講的事重新敘述了一遍。每三個句子就回頭對我說一次：「是這樣的吧？」每一次，我都依照律師的指示，回答：「是的，庭長。」這個過程很長，因為庭長在他的敘述中增加了很多細節。這段期間，記者個個都在埋頭記錄。我能感覺到其中最年輕那一位和那個動作像機器人的女子一直在審視我。那一排陪審員，就跟電車板凳上的乘客一樣，目光隨著庭長轉。庭長這時咳嗽了一聲，翻了翻檔案，一邊搖著扇子，一邊轉身面向我。

他說，他現在必需要談一個表面上看起來跟我這件案子不相干，其實大有關係的問題。我知道，他又要提媽媽的事，真覺得無聊透了。他問我，為什麼把媽媽送進養老院，我說，因為我沒有錢奉養她，也沒辦法找人照顧她。他又問，這是否讓我難受，我回說，媽媽和我對彼此都沒有要求，也不指望其他任何人，我們都已經習慣過各自的新生活。庭長說，他不想再強調這一點，於是就問檢察官是否還有其他問題。

檢察官側對著我，看也沒看我一眼就說，如果庭上允許，他想知道，我回到泉水去，是不是蓄意要去殺那個阿拉伯人。我說：「不是。」「那麼，為什麼帶著槍，為什麼又正好回到那個地點？」我說，這完全是巧合。檢察官用不太友善的語調說：「暫時就到此為止吧。」之後的事都模模糊糊，我有點搞不清了。法官們低聲交換意見之後，庭長就宣布，庭訊暫告一段落，證人的問訊延至下午舉行。

我也沒時間多想，就被押著進了一輛囚車，回到牢房，吃了飯。過了沒一會兒，我正開始覺得有點倦了，押解員就來找我，一切又重新開始。我又回到同樣的法庭，面對同樣一排面孔，只是天氣更加燠熱難當。不可思議的是，所有法官、檢察官、我的律師和一些記者手裡都多了一把蒲葉扇。那位年輕記者和那位一板一眼的女人也都在，但他們沒有搖扇子，只是盯著我，不發一語。

我擦乾滿臉的汗水，一時間似乎喪失了自我意識，也不知身處何地，直到我聽到養老院院長的聲音，才回過神來。庭上問他，媽媽是否曾向他抱怨過我。他說，有的，但又說，抱怨親人幾乎是養老院住戶的通病。庭長要他說得更具體些：她曾否責備我把她送入養老院。院長說，有的。但這次他沒多說什麼。回答另一個問題時，他說，母親下葬那天，我的鎮靜讓他有點驚訝。庭上要他說清楚所謂的鎮靜是什麼意思。院長眼睛望著鞋尖，說，我不願意看媽媽的遺體，沒有掉過一滴眼淚，而且，喪禮一結束就匆匆走了，沒有上墳致哀。還有一件事也讓他吃驚：一位葬儀社的人告訴他，我竟然不知道媽媽的年齡。一陣靜默之後，庭長問他是否確定他說的那個人確實是我。院長好像沒聽懂問題，回答說：「這是法律規定。」之後，庭長問檢察官是否要證人回答其他問題。檢察官大聲說道：「哦！不必，這足夠了。」聲調如此高昂，看我的眼光如此盛氣凌人，讓我這麼多年來第一次有一種愚蠢的、想哭的衝動，因為我這才真切感覺到，這些人有多麼憎惡我。

庭長再次確定陪審團和我的律師沒有其他問題之後，就召門房來作證，和其他人都是同一套程序。門房進法庭的時候看了我一眼，就把眼光轉到別處。他一一回答了庭上的問題。他說，我不想再看母親，我抽了菸，睡了覺，還喝了杯牛奶咖啡。這時我清楚感覺他的話使在場的人鼓噪了起來。我第一次明白我犯了罪。庭上又要門房重複喝咖啡和抽菸的事。檢察官以嘲諷的眼光看了我一眼。這時候，我的律師問門房有沒有跟我一起抽菸，但檢察官站起來強烈抗議：「這裡到底哪一個是犯人？這種技倆是要抹黑證人，減低證據的力量，但這些鐵證是力不可擋的！」可是，庭長還是要門房回答這個問題。這老人似乎有些不好意思：「我知道我不對，但我不敢拒絕先生給我的菸。」最後，庭上問我還有沒有要補充的，我說：「沒有。唯一要說的是，證人說得沒錯，菸是我請他抽的。」門房以一種訝異和感激的眼光看我，他猶豫了一下，補充說，是他給了我一杯牛奶咖啡。我的律師神氣起來，大聲道：「陪審團會很重視這個證詞的。」可是檢察官卻在我們頭上大發雷霆。他說：「是的，陪審們會重視的，但他們最後的結論會是：一個陌生人可以提供牛奶咖啡，但身為人子在賦予他生命的母親遺體面前，卻應該拒絕。」門房又回到他的座位上去。

接著輪到貝艾茲。他需要一個庭丁扶著走上證人席。貝艾茲說，他認識的是媽媽，只見過我一面，就是在喪禮上。於是庭上問他，那一天我做了什麼，他說：「你們一定能了解的。那天我太傷心，所以什麼都沒看到，我悲痛得看不到。因為這對我是太大的打擊，我甚至昏了過去，所以，我沒有注意到這位先生。」檢察官追問，有沒有看到我落淚，貝艾茲說沒有。檢察官於是表示，「陪審團會列入考量的。」但我的律師發火了。他問貝艾茲，那聲調我聽來覺得有些過分：「那你有沒有看到他沒掉眼淚？」貝艾茲也回答：「沒有。」觀眾都笑了。我的律師把一只袖子捲起來，用斬釘截鐵的語氣說：「這就完全反映了這件訴訟案的問題：一切都是，也全都不是！」檢察官繃著臉，用鉛筆在卷宗的標題上敲了一下。

之後，有五分鐘的暫停。我的律師告訴我，一切都很順利。接著，我聽到傳喚辯方證人賽來斯特。辯方，就是我。他不時朝我這邊望，手裡不住轉著一頂巴拿馬帽。他穿著新衣，是偶爾週日跟我去看賽馬才穿的，但沒有戴假領子，只用一顆銅扣子繫住襯衫。庭上問他，我是否是他的顧客，他說：「是顧客，也是朋友。」又問他對我的看法，他說我是個漢子。問：這話是什麼意思。他說：每個人都知道這是什麼意思。又被問：有沒有覺得我有自閉傾向，他說，我不會沒話找話說。檢察官問他，我有沒有按時繳房租。他笑著說：「這是我們倆之間的事。」又問他對我犯的罪有什麼看法，他於是把兩手放在證人臺上，可以感覺他是有備而來，說道：「對我來說，這是件不幸。不幸，大家都知道是怎麼回事。它來時，人是無能為力的，對我來說，這就是件不幸。」他還要繼續，但庭上說可以了，向他道了謝。賽來斯特看來有些語塞。他表示還有話要說，法庭要他說簡短些，他又說，這是件不幸。

庭長說：「是的，這點大家知道了。法庭就是在審判這類的不幸。謝謝你。」他已經竭盡所能和心意。隨即他轉身對著我，我似乎看到他雙眼閃著光，嘴唇顫抖，好像在問我還能做些什麼，而我，什麼也沒說，也沒做任何手勢，但這是我這輩子第一次想擁抱一個人。庭長再次命他離開證人席。賽來斯特回到他的座位。在之後的庭訊中，他就一直坐在那兒，身子微微往前傾，雙肘支撐在膝蓋上，手裡還拿著巴拿馬帽，很專注地聽各人的發言。瑪莉這時進來了，她戴了頂帽子，美麗依舊，但我比較喜歡她披散頭髮的樣子。從我在的地方，我可以想像她輕盈的乳房，還看到我熟悉的有點噘的下唇。她看起來很緊張。庭上隨即問她認識我多久了。她說出與我共事的時間。庭長想知道她跟我的關係，她說是我的女朋友。在回答另一個問題時，她說，她是打算跟我結婚的。檢察官翻了一下卷宗，突然問道，我們的關係是從什麼時候開始的。她說了日期，檢察官用不經意的樣子說，那好像就是我母親過世後的第二天。然後他語帶嘲諷地說，他並不想在這個尷尬的問題上做文章，也理解瑪莉的顧忌，但是（說到這裡，他的語氣嚴厲起來），他的職責要求他不受人情世故的束縛，所以他要求瑪莉簡單敘述一下我們認識那天的經過。瑪莉不願意說，但面對檢察官的窮追不捨，她只得說了：我們去海灘游泳，看電影，然後回到我的住處。檢察官說，根據瑪莉在預審的證詞，他已經核對了那天放映的電影片名。他還要瑪莉自己說那天看的是什麼片子。瑪莉以平板的聲音說，是一部費農戴的片子。此話一出，全場頓時鴉雀無聲。檢察官於是站起身來，用一種非常莊嚴、著實讓我感動的聲音發言。他手指著我，一個字、一個字非常清楚地發每一個音：「諸位陪審先生，這個人，在他母親過世的第二天去海灘戲水，與女人發生不正當關係，然後看喜劇片作樂。我沒有什麼可說的了。」他坐了下來，法庭依舊一片靜默。突然間，瑪莉崩潰，哭了起來。她說，事情不是這樣的，這絕不是事實的全貌，檢察官誘使她說出完全違反她原意的話。她很了解我，我從來沒做過什麼壞事。然而，在庭長示意之下，她被庭丁帶了出去，審判繼續進行。

之後，馬頌的證詞幾乎沒人聽。他說，我是個正人君子，『**他甚至還要說**，我是一個好漢。』也幾乎沒有人聽薩拉曼諾講話。他說，我對他的狗很好。在談到我和母親的問題時，他說，我跟母親已經沒有什麼話說，所以才把她送入養老院。老薩說：「大家要體諒、要體諒。」但似乎沒有人體諒。他也被帶走了。

然後就輪到雷蒙，他是最後一位證人。他對我做了個手勢，而且立刻就說，我是無辜的，但是庭長宣稱，沒人問他的評斷，只問事實，要他回答問題就行了。庭上先問他與死者的關係，雷蒙趁此機會說明，因為他打了死者的妹妹，所以死者對他懷恨在心。庭上於是問，死者是否也有理由恨我。雷蒙說，我出現在沙灘上，純屬巧合。檢察官問：為什麼引發事端的那封信是出自我之手，雷蒙說，那也是巧合，檢察官反諷道：巧合在這件案子裡顯然是罪惡昭彰了。他想知道，在雷蒙打情婦巴掌時，我沒有插手，是不是巧合，我到警察局作證人，是否巧合，我那段完全是包庇的證詞是否也出於巧合？

最後，他問雷蒙何以維生，雷蒙回答：「倉庫管理員。」檢察官轉向陪審團說，眾所周知，這個人是靠拉皮條維生的。我是他的朋友，也是共犯。這是件最卑鄙、最下流的慘案，因為出自一個道德妖魔，案情就更嚴重。雷蒙想辯解，我的律師則大聲抗議。但庭上要求檢察官把話說完。檢察官問雷蒙：「我要補充的不多，只問你，他是你的朋友嗎？」雷蒙回答：「是的，他是我好哥兒們。」然後，他也問了我同樣的問題。我看了看雷蒙，他的眼睛直視著我。我回答：是的。檢察官於是轉問陪審團，宣稱：「就是這個人，在他母親過世的第二天，就從事最荒淫無恥的勾當。就是他，為了微不足道的理由，為了了斷一件傷風敗俗的事，而殺人。」

然後，他坐了下來，我的律師已經忍耐到了極限，他高舉雙臂，法衣的袖子因而往下滑，露出漿過的有褶襯衫，大吼：「他被控到底是因為葬了他母親，還是因為殺人？」觀眾都笑了。檢察官又站了起來，披好他的袍子，宣稱，這位尊貴的辯護人怕是天真得過頭了，才會察覺不到這兩件事之間深刻、可悲，而且是很基本的關連。「是的，」他用力地大聲喊道，「我控訴這個人以罪犯的心，埋葬他的母親。」這席話似乎對觀眾產生了巨大的震撼。我的律師聳了聳肩，把額頭的汗擦了擦，看起來連他也動搖了。我知道，事情的發展對我很不利。

庭訊結束了。在離開法院坐上囚車那一瞬間，我辨認出夏天夜晚的味道和色彩。在我漆黑的囚車裡，在疲憊不堪之際，我重溫這個我喜愛的城市中各種熟悉的聲音，它們都曾在某個時刻讓我覺得快樂：在輕鬆氣氛中，叫賣報紙的聲音、廣場上最後一批鳥群飛起、三明治小販的吆喝，在地勢高的轉彎處，有軌電車的鳴叫，還有在夜幕降臨之前，港口天空中的喧鬧。所有這些，為我重組了一個腦中的路線，是我在入獄之前非常熟悉的。是的，那是很久以前，我的快樂時光。那時等著我的，總是一個淺淺的睡眠，連夢都沒有。而現在，一切都不同了，因為，等待我的明天，仍是我的囚牢。那些在夏日天空中畫出的熟悉路線，可以到達安心的睡眠，也可以通向監獄。

第四章

即使在被告席上，聽到別人議論自己也是有趣的。在檢察官和律師進行的攻防中，大家很熱烈地討論我，對我這個人的興趣大於我犯的罪。其實每次的辯論有很大的不同嗎？通常就是律師高舉雙手認罪，但是可以酌量減刑，而檢察官則伸出手指，控訴罪刑，且沒有減刑的餘地。只是有件事讓我隱隱有些不自在，即使我心事重重，仍不時有插嘴的衝動。律師總是對我說：「少說話，對你的案子沒好處。」這似乎意味把我排除在外。一切都在我不參與的情況下進行，決定我的命運並不需要聽我的意見。有些時候，我真想打斷所有人，大聲說：「這裡究竟誰是被告？被指控是件嚴重的事，我有話要說。」但考慮之後，我什麼也沒說。何況，我發現一般人對別人的興趣是維持不了多久的。比如，檢察官的證詞很快就讓我厭倦了。只有某些與整體無關的片段、手勢或大段論述會觸動我，或引起我的注意。

如果我的了解沒錯，他最根本的想法，就是認為我是蓄意謀殺。至少，他就是要證明這一點。誠如他自己說的：「諸位，我會證明這一點，而且會從兩方面來證實。首先是明確的事實，其次是比較隱晦的，由這名罪惡靈魂的心理層次找到的證據。」他從母親的死，就總結了事實。又提起我的「無動於衷」，還有對母親年齡的無知、第二天的海灘戲水、女伴、電影、費農戴，最後還把瑪莉帶回家。我花了點工夫才明白他的話，因為當時他說的是「他的情婦」，而對我來說，她是瑪莉。之後，就談到雷蒙的事。我覺得他看事情的方式不失清晰，說的話也合情合理：我跟雷蒙合寫了那封信，才把他的情婦引誘來，才使她遭受一個「品性不端」的人虐待。我在沙灘上向雷蒙的對手挑釁，雷蒙受了傷，於是我向他要了手槍，自己又回到海灘，後來開了槍。我是按照計畫把阿拉伯人打死的，而且，還等了一會兒，「為了確定事情幹成了」。之後又從容不迫、很精準地開了四槍，的確像是事先都設想好的。

「諸位，」檢察官說，「我把整個事件的經過向各位做了報告。這過程證明這個人是在充分了解事情後果的狀況下殺了人。我特別要強調這一點，因為這不是一個普通的殺人事件、一個臨時起意的行為，讓各位以為有酌量減刑的條件。這個人，諸位，這個人很聰明。你們都聽到他講的話了，是吧？他知道怎麼反應，他懂得言詞的力量。所以，我們不能說，他不知道自己在幹什麼。」

而我，我聽著，聽見他們認為我很聰明。我搞不懂的是，為什麼對普通人是個優點，對一個犯人，就成了罪大惡極的指控？至少，這點讓我錯愕。我無心再聽檢察官的說辭，直到我聽到他說：「諸位，他曾表達過遺憾嗎？

從來沒有。在預審庭上，這個人從沒有對他犯下的滔天罪行，表現過一絲懊悔。」說著就轉過身，用手指著我，不斷以最惡毒的話責罵我，讓我有些莫名其妙。當然，我也不得不承認他說得沒錯。我對自己的行為沒有悔意，但他如此地咄咄逼人，實在令我不解。其實我很想誠懇、甚至友善地向他說明，我這輩子從未對任何事有過真正的遺憾。我一向只關心將要發生的，今天或者明天的事。當然了，在我目前的處境，我不能用這種口吻對任何人說話，我沒有權利表達好感，表示善意。我繼續認真聽，因為檢察官又開始議論我的靈魂。

他表示已經俯身檢視了我的靈魂：「諸位評審，裡面什麼都沒有。」他又說，其實我根本沒有靈魂，也沒有任何具人性的東西。所有人類心目中的道德原則，沒有一項是我能了解的。「當然，」他接著說，「我們也不能責怪他。他無法得到的，我們不能怪他沒有。可是在我們這個法庭上，應該把寬恕這種消極的美德轉化為一種更不容易，但更崇高的情懷，就是正義。尤其是當一顆空洞的心——像我們在這個人身上看到的——變成一個深淵，整個社會都會沉淪其中。」然後就開始數落我對母親的態度，又重複之前在辯論庭上說的那一套，只是在細數我的罪狀時，說得更為冗長，長到，那天上午，我什麼感覺都沒有，只覺燠熱難當。直到檢察官突然停頓下來，一陣靜默之後，才重新以一種非常低沉、非常堅定不移的聲音說道：「諸位，這個法庭明天要審判一件令人髮指的罪行：殺父之罪。」他聲稱，這樣凶殘的暴行令人難以想像。他深切期盼，人類的正義會毫不手軟地加以懲罰。但是，他也敢大膽地說，這弒父之罪與我的冷漠態度相比，他覺得我的冷漠更可怕。因為，一個在精神上殺害母親的人就跟弒父凶手一樣，都應該從人類社會中鏟除。因為，前者是為弒父行為做準備，可以說是弒父行為的先聲，而且讓這種行為合理化。「諸位，我確信——他提高了聲量繼續——如果我說坐在被告席上的這個人和明天法庭要審判的人一樣，也犯了殺人罪，應該受到相應程度的懲罰，你們應該不會認為我的想法太過分。」說到這裡，檢察官擦了擦滿臉油亮的汗珠，又說，雖然他的任務很痛苦，但是他會堅忍地完成。他宣稱，我否定這個社會最根本的規範，跟這個社會完全脫節，我不了解人心最基本的反應，也就不能喚起它對我的同情。「我要求拿下這個人的腦袋，」他說，「提出這個要求，我心安理得，因為在我漫長的法律生涯中，我也曾請求過極刑，但從沒有像今天這樣，覺得這個任務是合理、公平，是受到不可推卸的、神聖的良心所驅使和面對那張人面獸心的恐懼。」

檢察長落座之後，有很長一陣靜默。我在酷熱和錯愕之下，頭腦昏沉。庭長咳了幾聲，以非常低沉的語調問我是否有所補充。我站起身，想發言，就隨口說道，我並沒有蓄意要殺那個阿拉伯人。庭長說，這一點已經確定了，還說，他一直都不清楚我的辯護策略。如果在律師發言之前，我能把我的行為動機說得明確一些，會有幫助。我很快地說了，有點顛三倒四，自己也覺得很可笑。我說，那是因為太陽。庭上爆出笑聲，我的律師聳了聳肩。之後，庭長就請律師發言。他說時間已晚，而他發言需要好幾個小時，他要求下午再開庭，法庭同意請求。

下午，巨大的風扇仍然攪著沉悶的空氣。評審們各種顏色的小扇子也朝著同一個方向搖擺。我那位律師的辯詞簡直沒完沒了。忽然有一瞬間，我豎起了耳朵，因為我聽到他說：「沒錯，我殺了人。」之後，他一直用這種口吻說話，在提到我的時候，都用第一人稱。我大惑不解，將身子靠近一位法警，問他這是個什麼道理，他叫我別出聲，過了一會兒，他才說：「所有律師都是這麼說的。」對我來說，這又是要把我排除在事件之外，把我的作用減到零。從某種意義上說，就是要取代我。我知道，我已經離這個聽證法庭很遙遠了。其實，在我看來，我那位律師很可笑。他先簡短地為我的挑釁罪進行辯護，然後他也開始談起我的靈魂，但我覺得他的口才比檢察官遜色多了。他說，「我也一樣，我也俯視了這個靈魂，但與我們尊貴檢察署的代表不同的是，我在裡面看到了東西，我毫不費力，就把它看了個透澈。」他看到的是：我是個正直的人，一個認真、勤奮的員工，對公司很忠誠，受眾人喜愛，對他人的苦難有同情心。依他看來，我是個模範兒子，在自己能力範圍內，扶養母親。其實，我是指望安養院能給這位老太太我自己能力所無法負荷的優渥生活。「我很驚訝，大家拿安養院這件事做文章。畢竟，這類機構是由政府補助經營的，其用途和理想無庸置疑。」但是他沒有談到喪禮。我覺得他的辯護詞裡少了這一部分。用這些冗長的句子，日日夜夜不停地談論著我的靈魂，讓我感覺這一切就像一潭無色的水，我在水裡頭暈目眩。

最後，我只記得，就在律師慷慨陳詞時，一個賣冰淇淋小販的喇叭聲穿過馬路、整個大廳和法庭，一直傳到我的耳裡。我腦中縈繞著各種生活回憶，一個不再屬於我的生活，卻曾讓我在其中找到最簡單也最深刻的喜悅：夏日的氣味、我愛的社區、某些夜晚的天空、瑪莉的笑聲和洋裝。所有我做的無用之事此刻都湧上來，讓我喉頭哽塞。我只有一個急切的念頭，趕快做個了結，讓我回牢房睡覺。恍惚中，我聽到律師最後作結時大聲吼著：評審們不會把一個老實的員工，因一時誤入歧途，就判他死刑的。他請求酌情減刑。這個罪行會使我終身悔恨，這就是對我最嚴酷的懲罰。法庭宣布暫停，律師回座，似乎精疲力盡。他的同袍們紛紛前來與他握手。我聽到他們說：「太精彩了，老兄。」其中一位甚至要我當見證，對我說：「是吧？」我表示同意，但我的恭維言不由衷，因為我實在累壞了。

此時，外面天色已晚，法庭中熱氣也散了些。我聽到馬路上的一些聲音，從聲音就可以想像傍晚的舒適怡人。大家都在守候，而所有人等待的，其實只是我一個人的事。我又望了大廳一眼，一切都跟第一天的情況一樣。我的眼光又觸到那位穿灰色西裝的記者和那個動作如機器人般的女子。我這才想到，在整個審訊過程中，我從沒有搜尋瑪莉的眼光，我並沒有忘記她，只是我要注意的事太多。我看見她在賽來斯特和雷蒙之間。她對我做了個手勢，好像是說：「總算結束了。」我看到她焦慮的臉擠出笑容，但我的心已經封閉，甚至沒辦法回報她的微笑。

法官回座，繼續開庭。法官們快速地向評審團提出一連串問題。我聽到：「犯了謀殺罪」……「有預謀」……「酌情減刑」。評審們離席，我又被帶回我已經待了很久的小房間。我的律師來找我。他口若懸河，而且講話從不曾如此自信，態度從不曾如此和善。他認為一切都很順利，我可能坐幾年牢或服幾年勞役就沒事了。我問他：若是判決對我不利，有沒有可能上訴最高法庭。他說，不可能。他的策略就是不要下結論，方便陪審團做判決。他向我解釋，陪審團不會無緣無故就把判決撤銷。我也覺得有道理，很認同他的推論。如果不帶情緒地看待這件事，這完全合乎常理，否則要耗費多少狀紙啊。「無論如何，」律師說，「還有個最高法院呢。不過，我確信，結果會對我們有利。」

我們等了很久，大概有三刻鐘。一陣鈴聲響了，我的律師走開之前告訴我：「陪審長要宣布判決了。宣告完之後，才會叫你進去。」門一扇扇關了起來，很多人在我不知是遠是近的臺階上跑來跑去，隨即我就聽到法庭中一個低沉的聲音在宣讀什麼。待鈴聲再度響起，被告席的門打開，法庭中一陣靜默衝我而來。靜默，還有我發現那位年輕記者把眼光轉開時的奇怪感覺。我沒有朝瑪莉那邊看，還沒來得及，因為就在那時庭長以一種很拗口的語言說，以法國人民之名，判我在一個公共廣場被斬首示眾。這下我才明白我在所有面龐上讀出的感情，我相信是一種尊重，法警對我特別溫和，律師把手放在我的手腕上。我什麼念頭都沒有了。庭上又問我有沒有要補充的。我想了想，說：「沒有。」於是我就被帶走了。

第五章

我又拒絕了監獄神父的探望，這已經是第三次了。我沒有話跟他說，而且根本沒有講話的意願。何況，過不了多久，我終究會見到他的。眼前我最關心的，是如何躲過這個司法機制，這不可避免的事能否有個出路。我被換到另一個囚房，在這間新牢房裡，只要躺下就可以看見天空，而且只看得到天空。於是我盡日仰望著天空的面龐，望著它色彩的變化，從白晝到黑夜。躺著，脖子枕在雙手上，等待。我心中不斷在琢磨，有沒有死刑犯曾逃過這牢不可破的機制，在行刑之前消失，衝破法警的警戒線。我只怪自己以前對有關死刑犯的記載從沒留意，其實這類問題是人人都該關心的。誰都不知道未來會發生什麼事。我就像所有人一樣，在報紙上看過相關報導，但一定還有些專門的著作，可惜我從沒有好奇心去讀。從那類作品裡，也許可以找到脫身之術。我可以學到至少一種情況，就是砍頭機的輪盤忽然不靈了。在這無可抗阻的既定安排之下，偶然與機遇，就這麼一次，改變了後果。就一次！對我就足夠了。我的心臟足夠強壯。報紙上常說，犯人對社會有所虧欠，他們認為犯人必須補償。這點不需要想像力。重要的是，一種逃脫的可能，跳出這無情的法網，一種瘋狂飛奔帶來的所有希望。當然了，這希望，可能終究在街角被打趴，或在飛奔之際，被一顆子彈穿堂而過。經過這一番思考，我實在沒有樂觀的理由。一切都不允許我心存奢望，司法機制又把我拉回現實。

儘管我努力去理解，仍然不能接受這種蠻不講理的絕對機制。因為判決的理由和判決宣布之後，執行過程的堅決是荒謬的不成比例。判決書的宣讀訂在晚上八點而不是五點，結果就可能完全不同，判決不過是由些換了袍服的人決定的，還扯上概念模糊的「法國人民」（也可以是德國或者中國）。在我看來，以上種種做法都把這個決定的嚴謹程度大打折扣。然而，我不得不承認，一旦做出決定，它的效應就如我的身子緊緊壓著這堵牆一般，堅實，而且不容置疑。

我想起媽媽曾經跟我講過父親的一次經歷。我沒見過父親，所有我對他的認識都來自母親的敘述。他曾去看過一個殺人犯的死刑現場。這件事想到都令人倒胃，但他還是去了，回來之後，他幾乎吐了一個上午。那時聽到父親的故事令我反感。但是現在我懂了，這是再自然不過的事。那時我怎麼就沒想到，沒有比執行死刑更重要的事了，甚至可以說，這是唯一真正值得關注的事！要是能讓我從牢裡出去，我會去看所有的死刑。當然，以為有這種可能，是我的妄想。想到在一個清晨，我恢復了自由身，站在整排法警的後面，也就是說，在另一邊，想到一個來看行刑的觀眾，而且可能看了之後會作嘔，一股惡毒的喜悅湧上我心頭。但這太不切實際了，放縱這類想像沒有好處，因為，轉瞬間我全身發寒，在毛毯裡蜷成一團，禁不住牙齒格格作響。

然而，人不可能永遠理智清明。以前我還曾草擬過法律條文，想改革刑罰制度呢。我認為，最重要的是，給罪犯一個機會，千分之一的機會也好。如此，我設想去研發一種化學合成物，病人（我想的是：病人）吞了這帖藥，十次中有九次會送命，他自己也充分了解，這就是條件。經過縝密思考，細心審度，我認為鍘刀最大的缺陷，就是沒有出錯的可能，絕對沒有。總之，只此一次，病人之死就已裁決，是一個簽結的案子、確定的辦法、談妥的協定，沒有翻案的可能了。萬一鬼使神差，頭沒砍下來，就得重新來過。如此一來，最糟的是，受刑人只能盼望殺人機器運作正常，不要發生故障。我要說，這是個缺陷。大致來說，這種想法是對的，但從另一個角度，我也不能不承認，這正是使運作順暢的奧妙所在。如此受刑人必須在心理上合作，因為，一切進行順利，對他才是有利的。

我也必須指出，以前我對這些問題的想法是錯誤的。我一直相信——我也不知道為什麼——要走到鍘刀之下，先要一階一階爬上一個斷頭臺。我想這應該是從一七八九年法國大革命得來的印象。我是說，所有對這類問題的知識，我學過或看過的，都是從此而來的。但有一天早晨，我想起一張轟動一時的死刑執行現場照片。其實，那機器是直接放在地上的，再簡單不過了，比我想像的窄了許多，奇怪我竟然沒有早點想到。這張照片上的機器製作精確、考究而且亮閃閃的，給我深刻印象。人對自己不了解的東西總是會有誇大的想像，現在發現一切都很簡單：殺人機器與走向它的人是在同一高度，走向它就像走向前去會一個朋友一樣。這樣也有缺點，因為爬上斷頭臺，是向著天空往上走，人還可以有所幻想。而實際情況，法律機器碾碎了一切：一個人無聲無息就被斬了，帶著一點愧疚但高度精準。

還有兩件事一直縈繞我腦際的是：黎明行刑和上訴。但我用理智控制自己不要再去想它。我躺平了，看著天空，努力專注觀望天空。它變成青綠色，夜晚降臨了。我努力去扭轉思路，靜聽自己的心跳，我不能想像一直陪伴我的這個聲音有一日會停頓。我從來缺乏想像力，如今努力揣想那個瞬間，當我的心跳不再在我腦中延續，但徒勞無功。黎明和上訴的念頭還是揮之不去。最後我只好說，最明智的做法就是不要再勉強自己。

他們會在黎明前來提拿，這是我早就知道的。於是，我每個夜晚都在等待這個黎明的到來。我從來不喜歡意外，如果發生什麼事，我希望人在現場。所以，我只在白天稍微睡一會兒，而每一個夜晚，我都耐心等待著日光從那扇天窗中出現，最難熬的是我知道他們習慣動手處決的時刻。一過了午夜，我就等著、窺伺著。我的耳朵從來沒有聽到過如此多的嘈雜，分辨出如此細微的聲響。其實，我可以說，這段時期，我很幸運，因為我從未聽到腳步聲。媽媽常常說，人絕不會是百分之百痛苦。在牢獄裡，當天空出現色彩，新的一天照進我的囚房，我認同她的觀點了。因為我也有可能聽到腳步聲，被嚇得心臟爆裂。雖然，最細小的聲音都會讓我立刻衝向門邊；雖然，耳朵貼著木牆，我瘋狂地在等待，直等到聽得見自己的呼吸聲，嘶啞得像一條狗的喘息，讓我害怕。但最終，我的心臟沒有爆裂。我又賺到二十四小時。

一整天，我都想著上訴的問題。我把這個想法做了全盤思考，計算各種可能，並從這番思考中得到最好的效益。我向來先做最壞的假設：上訴被駁回，「那麼，我就死定了。」比別人死得早，這點很明確。但是所有人都知道，人生是不值得活的。其實，我並非不知道三十歲死和七十歲死，差別有限。因為，無論何種情況，其他的男男女女還會活著，而且會活上千千萬萬年，這是再清楚不過的事。不管是現在，還是二十年後，死的橫豎是我。此刻，這番推論讓我不安的是，想到還有二十年可活，我就心頭狂跳，不過，只要想到二十年後，終究還是要面對同一結局、同樣的糾結，這個念頭也就被按捺下去。既然人都會死，怎麼死、何時死，就沒有什麼大分別了。這道理很明顯。因此（最要緊的就是，不要把代表這一套推論的「因此」給漏掉了），因此，我接受上訴被駁回。

在這時候，只有在這時候，我可以說有了權利，或者說我允許自己思考第二種可能：我被特赦了。這下麻煩的是，我得抑制住血液的沸騰和身體的激動，因為歡喜若狂使我受到刺激，我必需努力把這種呼喊壓抑住，盡量說服自己，即使面對這種假設，我也得表現得很自然，以便在第一種可能性出現時，我的坦然更可信。當我做到了，我又能獲得一小時的平靜，這畢竟也是值得的。

就是在類似這樣的時刻，我再次拒絕會見神父。我伸展身子躺著，望著有幾分金黃色的天空，想像夏日黃昏的降臨。我剛拋開上訴的念頭，現在可以感覺血液在身體裡規律地流動。我不需要見神父。長久以來，我第一次想到瑪莉，她已經很久沒有給我寫信了。這晚，我思量著，她應該是厭倦於再做一個死刑犯的情婦。我也想過，或許她病了甚或死了，這也都是可能的。既然我們的身體不在一處，兩人間沒有任何聯繫，也沒有什麼讓對方記得的事，我又怎麼能知道她的狀況？從這一刻開始，我對瑪莉的記憶也可有可無了。她若死了，我就不再對她感興趣，我認為這很正常，就像我死後，我完全能了解別人會把我忘了，因為他們跟我完全沒關係了。我甚至也不覺得，這樣想會難受。

正巧在這時候，神父進來了。看到他的時候，我不自覺地顫了一下，他發現了，叫我不要害怕。我跟他說，照慣例，他不該在這個時候出現。他表示，這只是一次友善的探訪，跟我的上訴無關，他對這個問題也一無所悉。他在我的睡鋪坐下，示意我坐近一點，我拒絕了。不過，我覺得他的態度非常溫和。

他就這樣坐了一會兒，前肘放在膝蓋上，頭低著，眼睛盯著他的手。他這雙手細緻又結實，讓我想到兩隻敏捷的小動物。他慢慢搓著兩隻手，就這樣坐著，頭一直低著坐了很久，久到我有一陣子幾乎忘了他的存在。

但他突然抬起頭，面對面看著我，問道：「為什麼你一直拒絕我的探訪？」我回答，我不相信上帝。他想知道我是否完全確定，我說，我沒必要考慮這個問題，對我來說，這完全不重要。他於是把身體往後靠，靠著牆，手掌打開，平放在大腿上，幾乎不像在跟我講話的樣子，接著說，人有的時候自以為很確定，其實並沒有那麼確定，我沒答腔。他看了看我，又問：「你認為呢？」我說很可能。我或許不確定對什麼事真正感興趣，但我十分確定我對什麼不感興趣，而偏巧他跟我談的事，我不感興趣。

他把眼睛轉開，沒改變姿勢，又問我之所以如此，是否因為過度絕望。我向他解釋，我不是絕望，我只是害怕，這也是人情之常。他接著說：「上帝會幫助你的。我見過的所有與你處境相同的人，最後都會皈依祂的。」我認為，這是他們的權利，也許因為他們還有時間。至於我，我不需要幫助，因為我沒有時間去關心我不感興趣的事。

這時候，他的手做了一個很惱火的動作，但隨即坐正，理了一下袍子的折紋。理妥之後，他對著我，稱「我的朋友」：我之所以跟你說這些，不是因為你被判死刑；他認為，我們所有人都被判了死刑，我立刻打斷他的話說，這可不一樣，再怎麼說，這對我也不能是一種安慰。「當然。」他同意，「但是你今天不死，以後還是會死，終究要面對同樣的問題。你預備如何面對這可怕的考驗呢？」我回答說，我會完全以現在的方式面對它。

聽到這裡，他站了起來，直直地盯住我的眼睛。這把戲我很熟悉，以前就常跟艾曼鈕或賽來斯特玩過，通常是他們先把眼睛別了過去。神父顯然也很熟悉這一套。我立刻就懂了：他的眼光一點也不閃爍，聲音也絲毫不顫抖地說：「難道你就不帶一點希望，你就帶著會完完全全死去的念頭過日子？」——「是的。」我回答。

於是，他低下頭，又坐了下來，他說他為我難過。他判定，這種想法是人承受不了的。而我只覺得他開始讓我厭煩了。我也轉過身子，走向天窗，用肩膀靠著牆，我沒太注意他說什麼，只聽到他又開始問我問題。他的聲音焦慮又急迫，我感覺他動了真情，開始認真聽他講話。

他說他確信我的上訴會成功，但是我身上背負的沉重罪愆，必須先卸下。依他看來，人類的判決不算什麼，上帝的判決才是一切。但我指出，是人類判決了我的死刑。他回說，人類的判決並不能洗刷我的罪。我告訴他，我不知道什麼叫罪，人家只讓我知道，我是罪犯，既然犯了罪，抵罪就是，也不能要求更多了。這時，他又站了起來。我想，這囚房太窄了，他想活動一下，也沒有什麼選擇，不是坐下，就是站起來。

我的兩隻眼睛盯著地上。他向我走近一步，就停住了，好像不敢再向前進。他從鐵欄杆望向天空。「你錯了。我的孩子。」他說，「有可能要求更多，會要求更多的。」——「還能要什麼？」——「可以要求你**看**。」——「**看**什麼？」

神父環顧四周，然後用一種我突然覺得很疲憊的聲音說：「所有這牆上的石頭都滲著苦痛，我知道。我每次看這些石頭都極難受，但是我從內心深處相信，既使你們當中最不幸的人，也能在這陰暗的石頭中看到一張神聖的面孔。我要你看的就是這張面孔。」

這讓我激動起來。我說，這幾個月來，我一直盯著這牆壁，對這些牆壁，我比這世上任何東西、任何人都清楚。或許，很久以前，我曾經尋找過一張面孔，這張面孔有太陽的色彩和慾望的火焰：那是瑪莉的面孔。我的尋找終究是白費氣力。現在，這一切都過去了。反正，我從來沒有在這石頭滲出的水氣中看到什麼。

神父以一種憂戚的眼光看著我。我現在整個人完全靠在牆上，日光灑在我的額頭。他又說了些我沒聽清楚的話，之後很快又問我是否願意讓他擁抱，「不行。」我拒絕。他轉過身，走向牆壁，把手緩緩地在牆上撫摸，一邊喃喃說道：「你就如此依戀這人世？」我沒有回答。

他就這樣背對著我，好長一段時間。他待在這裡讓我很有壓力、很心煩，正想叫他出去，讓我清靜，他卻突然轉身向我，大聲吼道：「不、我不能相信，我肯定你也想過有來生。」我回答，那是自然，但那種想法也沒有什麼意義，就像我也希望很有錢、很會游泳或嘴型長得好些之類。但他打斷我的話，他要知道我想像的來生是什麼樣的。我大聲對他說：「是一個我會記得這一世的來生。」而且馬上接著說，我聽夠了。他還要跟我談上帝，但我走近他，做最後一次努力，向他解釋，我的時間不多了，我不想浪費在上帝身上。他想轉變話題，問我為什麼一直稱他「先生」，而不叫「神父」。這句話把我惹惱了，我說他不是我父親，他是跟其他那些人站在一邊的。

「不，孩子，」他把手放在我的肩膀上，「我是站在你這一邊的，只是你不知道，因為你的心被矇蔽了。我會為你祈禱。」

這一下，不知道為什麼，一股無名之火突然從我身體裡爆開來，我開始扯著喉嚨喊叫、辱罵他。我叫他不要為我祈禱。我一把抓住他那件長袍的領子，把深埋心中的想法一股腦向他宣洩出來，喜怒交雜，激動無比。哼，他看來篤定得很，是吧？其實他那些信念不值女人的一根頭髮，他是不是個活人都不確定，因為他活得像行屍走肉。而我，我看起來兩手空空，但我對自己、對一切都很確定，比他要確定。對我的人生和即將到來的死亡，都很確定。是的，我就只有這麼多了，但至少，我牢牢抓住這個確定，就像它也牢牢抓住我。我以前是對的，現在是對的，我永遠都是對的。我過去是這樣生活的，我也可以過另一種生活。我做了這，沒有做那，又或者，我沒有做這件事，卻做了另一件，那又如何？我像是一直在等著這一刻，等著在這個短暫的黎明被處決。一切的一切都不重要了，我知道原因，他也很清楚。在我過著這荒謬的一生時，一股陰暗的氣息從未來的深處穿越尚未到來的歲月，向我撲來，它所經之處將別人想讓我過的和我現在過的日子變得沒有差異，都一樣不真實。別人的死活、母親的愛對我有什麼意義？他的上帝、人們選擇的人生、抉擇的命運與我何干？既然只有一種命運抉擇了我自己，同時還選擇了成千上萬的選民，就跟他一樣，口口聲聲叫我兄弟。他明白嗎？他到底明不明白？所有人都是被選中的，世上人都如此。其他人也總有一天要死的。他也一樣，他也會被判死，所以，被控謀殺，其實是因為他在母親的喪禮沒有掉淚，這有什麼要緊？薩拉曼諾的狗和他的老婆一樣有價值，那個機械化的女人和馬頌娶的巴黎小姐或一心想嫁給我的瑪莉都同樣有罪，賽來斯特要比雷蒙強，但他們倆都是我的朋友，又有什麼要緊？如果瑪莉今天把她的唇獻給了另一個莫禾梭，那又如何？他到底明不明白，我這個死刑犯，從我未來的深處……我大吼出這一大串，氣都喘不過來了。但這時已經有人把神父從我手裡拉開，警衛對我出言威脅，神父卻反而安撫他們，靜靜地看了我一陣子，眼裡滿是淚水。他轉過身，消失了。

他走了之後，我恢復平靜，癱倒在睡鋪上。我想我一定是睡著了。因為醒來的時候臉上灑滿星光。鄉野的各種聲音一直傳到我的耳裡。夜晚，大地和鹽的氣味讓我的額頭清爽多了。在這沉睡的夏夜，美妙無比的安詳如潮水般浸透我的全身。就在這時，在黑夜將盡之際，汽笛聲響起，就要啟航，那個世界，從此我完全不在乎了。長久以來，我第一次想到媽媽，我好像突然了解，為什麼她在人生走到盡頭的時候，找了一個「未婚夫」，為什麼她要冒險重新開始。在生命逐漸凋零的養老院周圍，在那兒，夜晚也一樣是一個淒涼的休止符。如此接近死亡，媽媽一定已從中解脫，準備一切從頭開始了。沒有人、沒有任何人有權為她哭泣。我也一樣，我也準備好重新開始了。那樣痛快地發洩怒氣，似乎洗滌了我的惡性，也滅絕了希望。在這個充滿徵兆和星辰的夜晚，我第一次向這世界溫柔的冷漠敞開我自己。我感覺它跟我如此相似，又如此友善。我深覺我一直是幸福的，而且依然如此。為了使一切完滿，為了使我不要覺得孤單，我唯一能期望的，就是行刑那天，會有很多觀眾，以仇恨的吶喊迎接我。

異鄉人

最值得珍藏的名家譯本

L'Étranger

作　　者	卡繆（Albert Camus）
譯　　者	劉俐
責任編輯	劉憶韶
版　　權	黃淑敏、吳亭儀
行銷業務	王瑜、周佑潔、周丹蘋
總 編 輯	劉憶韶
總 經 理	彭之琬
事業群總經理	黃淑貞
發 行 人	何飛鵬
法律顧問	元禾法律事務所　王子文律師
出　　版	商周出版 台北市 104 民生東路二段 141 號 9 樓 電話：（02）25007008　傳真：（02）25007759 Email：bwp.service@cite.com.tw
發　　行	英屬蓋曼群島商家庭傳媒股份有限公司城邦分公司 台北市中山區民生東路二段 141 號 2 樓 書虫客服服務專線：02-25007718　02-25007719 24 小時傳真專線：02-25001990　02-25001991 服務時間：週一至週五 9:30-12:00　13:30-17:00 劃撥帳號：19863813　戶名：書虫股份有限公司 讀者服務信箱 Email：service@readingclub.com.tw
香港發行所	城邦（香港）出版集團有限公司 香港灣仔駱克道 193 號東超商業中心 1 樓 Email：hkcite@biznetvigator.com 電話：（852）25086231　傳真：（852）25789337
馬新發行所	城邦（馬新）出版集團 Cite（M）Sdn Bhd 41, Jalan Radin Anum, Bandar Baru Sri Petaling, 57000 Kuala Lumpur, Malaysia. Tel：（603）90578822　Fax：（603）90576622 Email：cite@cite.com.my
設　　計	廖韡
印　　刷	卡樂彩色製版印刷有限公司
總 經 銷	聯合發行股份有限公司 新北市 231 新店區寶橋路 235 巷 6 弄 6 號 2 樓

2020 年 5 月 4 日初版
2024 年 1 月 11 日初版 6.6 刷
定價 320 元

ALL RIGHTS RESERVED
著作權所有，翻印必究

ISBN 978-986-477-828-7

國家圖書館出版品預行編目 (CIP) 資料

異鄉人：最值得珍藏的名家譯本 / 卡繆（Albert Camus）著 ; 劉俐譯 . -- 初版 . -- 臺北市 : 商周出版 : 家庭傳媒城邦分公司發行 , 2020.05

面 ;　公分

譯自 : L'étranger

ISBN 978-986-477-828-7（精裝）

876.57　　109004878